中国古典诗词精品赏读

欧阳修

侯荣荣 编著

五洲传播出版社

图书在版编目（CIP）数据

欧阳修.（无）/ 侯荣荣著. -- 北京：五洲传播出版社, 2023.1
（中国古典诗词精品赏读丛书）

ISBN 978-7-5085-4974-3

Ⅰ. ①欧… Ⅱ. ①侯… Ⅲ. ①欧阳修（1007-107）－古典诗歌－诗歌欣赏 Ⅳ. ①I207.2

中国版本图书馆CIP数据核字(2022)第227215号

编　　著：侯荣荣
后　　记：李　冰
图片编审：迟乃义
责任编辑：王　峰
装帧设计：田　林

中国古典诗词精品赏读丛书

欧阳修

出版发行：五洲传播出版社
地　　址：北京市海淀区北三环中路 31 号生产力大楼 B 座 6 层
邮　　编：100088
发行电话：010-82005927　010-82007837
网　　址：http://www.cicc.org.cn　http://www.thatsbooks.com
制　　作：北京原色印象文化艺术中心
印　　刷：北京市房山腾龙印刷厂
版　　次：2023 年 1 月第 1 版第 1 次印刷
开　　本：720 × 965 mm　1/16
印　　张：7.5
字　　数：42 千字
定　　价：56.00 元

编 者 的 话

中国在历史上是一个“诗歌的国度”，古典诗词是中国传统文化的奇葩。早在三千年前，我们的祖先就创作出了以“诗三百”为代表的优秀诗篇。此后每个历史年代，诗歌创作都结出丰硕的成果，其中不少名篇名句脍炙人口，传诵至今。“中国古典诗词精品赏读”书系选取了历史上最具代表性的诗人、词人的优秀作品，并加以详尽通俗的译注、评解，试图将古代中国人创造的最可珍贵的文化瑰宝介绍给当代海内外读者。

以“国风”为代表的《诗经》和以《离骚》为代表的楚辞，无论是在思想内容上还是在艺术手法上，都对中国后世诗坛产生了深远影响。中国诗歌至唐代而达到高峰，呈现出后人所称誉的“盛唐气象”和“少年精神”。而从李白、杜甫等诗人身上，从他们留下的诗歌中，不难看出“风”“骚”以来优秀传统的回响。他们都有强烈的现实关怀，关注国家、社会、民众等问题；而这种主题，往往是诗人通过自己的人生境遇和心灵历程去感悟，通过描绘自然界山川万物、人间世事民情来体现的。在唐诗的辉煌之后发展起来的宋代诗歌，成就也相当高，但最能表现宋代文学特殊成就的是词。宋代优秀的词家把这种长短句诗体运用到出神入化的地步，那或慷慨激昂、或委婉凄清的词作，今天读来仍有强烈的艺术感染力。可以说，唐诗宋词是中国文学史上最有神采的篇章。

中国古代诗歌注重抒情、写景，善于表现友情、亲情、爱情、乡情，以及其他复杂细微的个人情感。这形成中国诗歌又一个强大的传统。在儒家思想影响下，中国诗歌几乎从一开始就具有“发乎情，止乎礼义”的特点，情感的表达比较内敛含蓄，有别于西方的诗歌风格。与此同时，中国诗人们又强调“含不尽之意见于言外”，善于通过各种艺术手法传达言外之意，给读者以无穷的回味、想像空间。古代诗词中的优秀之作往往写得深情宛转，富于形象性和音乐性，诵读这些诗词，可以受到多层次的艺术感染和美的熏陶。古典诗词还善于表现自然之美及人与自然的融合。古人常说“诗中有画，画中有诗”，本书系中的每首作品，都配以当代画家根据诗词意境绘制的中国画，通过欣赏这些诗、画，可以更深刻地领悟到中国古代艺术作品中的诗情画意，品味其艺术之美。

除了“诗情画意”的特色外，本书系以各位诗人、词人单独成册，以更清楚地展示其不同的个性和艺术风格；各分册包括诗人、词人简介与作品赏析两部分。对每篇作品的赏析，又分为题解、句解、评解三个章节：题解交代创作背景；句解用现代语文对诗词进行逐句意译，对某些难懂的字词作注释；评解部分则提要钩玄，对作品特色进行点评。我们的本意，首先是帮助读者减少阅读中的文字障碍，继而是理解诗词的思想内容、艺术特色和写作技巧。

中国古代经典诗词把汉语升华到至美至纯的境界，足以使每个中国人感到自豪。这些作品是联接所有炎黄子孙思想、情感的文化纽带，无论身在国内，还是身在海外，优秀的诗歌对读者的感召力都是相通的。一个喜爱祖国传统文化的人，可能会不断地接触和学习祖先的这些遗产。久而久之，这些优秀文化中的一部分会积淀下来，构成每个人头脑中一道美丽的艺术长廊，不断给人以教益、激励和艺术享受。我们期望，本书系所介绍的诗词名篇能够成为这道艺术长廊的组成部分。

本书系介绍的诗人、词人，如唐代的李白、杜甫、王维、白居易、李商隐，宋代的苏轼、秦观、李清照、辛弃疾、陆游，还有东晋的陶渊明、五代的李煜、元代的萨都剌，等等，都是中国诗歌史上耀眼的星座。他们都各有很多传世名篇，限于篇幅，书中每人只选取了二三十首代表作品。由于我们水平有限，书中会有种种不尽如人意之处，敬请读者朋友提出宝贵意见。

目录

欧阳修简介

宋代是中国古代文化发展史上的一个高峰。崇文抑武的基本国策和朝廷对文治教化的重视，加上印刷出版业、教育事业的发达，使得宋代文化高度发达。陈寅恪称：“中国文化，造极于赵宋之世。”宋代文坛先后出现了一大批成就很高的文学家，他们往往在不同文体的创作中都展示出惊人的才华。

欧阳修（1007－1072）就是这批文学家中影响较大的一位。他是开创一代“宋风”的文坛领袖，在散文、骈文、诗歌、词、赋等多个领域都取得了辉煌的成就。除了文学成就外，欧阳修还精研经学、史学、金石学、目录学。由于他崇高的政治声望和文学创作的成就，欧阳修还成为北宋诗文革新运动实际上的领导者，对当时以及后来的士人都产生了巨大的影响。

欧阳修所器重的后辈文人、后来同为“唐宋八大家”之一的曾巩，在欧阳修退休后赠其一首诗，赞美这位文坛先辈：“四海文章伯，三朝社稷臣。功名垂竹帛，风仪动簪绅。此道推先觉，诸儒出后尘。”（《寄致仕欧阳少师》）欧阳修正是这样一位无论是道德品格、文学成就还是政治功绩，都值得后人敬仰的宋代文学家。

欧阳修字永叔，号醉翁，晚年自号六一居士。庐陵（今江西吉安）人。他出生于一个封建小官吏的家庭中。父亲欧阳观，曾做过军事推官，是一个廉洁善良的人，每次审理案件，都非常谨慎。欧阳修四岁时，欧阳观就去世了。但是母亲郑氏经常对欧阳修讲起他父亲的故事。欧阳观生前，常在晚上审读案卷，叹息再三。郑氏问是怎么回事，欧阳观说，这是死刑案件啊，我想救犯人却没有办法；要是我努力了而没能成功，那么死者和我都没有遗憾；但是如果我没有尽力去救他们的话，死者肯定是有怨恨的。父亲清廉敬业的为官之道，对欧阳修后来的仕宦生涯产生了很大影响。

欧阳修的母亲郑氏也是一位可敬的女性。欧阳观为官清廉，去世后家中没有留下什么财产。郑氏带着孩子去投奔欧阳修的叔父欧阳晔。欧阳晔对欧阳修很好，但他当时只是在随州（今属湖北）做一个小官，家中也很清贫。在艰苦的环境中，郑氏没有放松对孩子的教育。买不起纸笔，她就折取芦苇代替笔，以沙地代替纸，教欧阳修识字。郑氏一生勤俭，欧阳修入仕后有了俸禄，郑氏依然教导他要俭以养廉。宋仁宗年间，欧阳修在朝廷新旧党争中蒙受冤屈，遭到贬谪。孝顺的欧阳修生怕老母伤心，结果郑氏反过来安慰儿子说，欧阳家本来就是清贫的人家，我已经习惯了；只要你面对逆境能够心安，我就心安了。这样的家庭教育背景，对欧阳修后来一生的为人处世产生了良好的影响。

在母亲的教导下，欧阳修成长为求知欲极强的少年。家里没有书可读，就到处借书来抄读。他天资颖悟，往往书还没有抄完，就已经能够背诵。叔父欧阳晔高兴地说："这个孩子将来不单单会光耀我欧阳氏的门楣，还将名重当世！"

随州的邻居中，有一户姓李的富裕人家，家中有很多藏书。欧阳修经常去借书，和李家的儿子成了好朋友。一次，欧阳修偶然在李家的旧书堆里找到一本残缺不全的韩愈文集，便请人家把这书给自己。带回来一读，韩愈那汪洋恣肆、深厚雄博的文风，一下将少年欧阳修深深吸引住了。后来他的文学创作，无论是诗歌还是散文，都受到韩愈文风的深刻影响。欧阳修以后成为北宋诗文革新运动的领导者，他所提倡的新的文学风尚，正源于韩愈的创作和主张。

宋仁宗天圣七年（1029），欧阳修参加国子监考试，名列第一。之后参加国学解试，又名列第一。第二年正月，他参加礼部举办的贡举考试，再次获得第一名的成绩。这次的主考官是大名鼎鼎的晏殊。通过殿试后，欧阳修高中甲科第十四名。五月，授将仕郎，试秘书省校书郎，充西京（今河南洛阳）留守推官。当时的西京留守是钱惟演，这是一位爱好文艺的领导者，以手不释卷而闻名于世。钱惟演喜欢招揽人才，奖掖后进。在钱氏的幕府里聚集了一大批文学名士，包括张先、谢绛、尹洙、梅尧臣等后来在宋代文学史上留下赫赫声名的人士。洛阳在那个时候成为一个文学中心。

年轻的欧阳修在洛阳的文化环境中如鱼得水。他和尹洙、梅尧臣等人结为“七友”，经常诗酒唱和，并“以文章道义相切劘”（宋王辟之《渑水燕谈录》）。二十年后，欧阳修曾深情地回忆起在洛阳的这段青年生活：“我昔初官便伊洛，当时意气尤骄矜。主人乐士喜文学，幕府最盛多交朋。”（《送徐生之渑池》）在这样宽松自由的文化环境中，一种新的文学风尚渐渐形成。以欧阳修为首的这批年轻文士，对当时场屋（科举考试的考场）中所流行的雕琢浮华的四六时文深为不满。他们学习韩愈的古文，提倡古文的创作，渐渐形成一个以文学革新为己任的集团。

欧阳修等人提倡古文，反对浮华堆砌的文风，重在文字简洁谨严。一次，钱惟演修建了一座双桂楼，请欧阳修和谢绛、尹洙各作一篇记。欧阳修的记最先写好，有一千字。尹洙看了说：“我只要用五百个字就够了。”于是欧阳修又对自己的文章作了一番砍削，改得只剩五百余字，谢绛作的记也有五百字。而尹洙所作的记只有三百八十字。欧阳修看后深深叹服，当晚就带着酒食去向尹洙请教写作古文的诀窍。得到尹洙点拨后，他重新写了一篇《双桂楼记》，比尹洙的记还少二十字，而且文章法度更加严谨。尹洙读后拍案叫绝，跟别人说：“欧九（欧阳修排行第九）真一日千里也！”（宋邵伯温《邵氏闻见录》卷八）

仁宗景祐元年（1034），西京留守推官三年任满后，欧阳修回到东京（今河南开封）担任馆阁校勘一职。在宋代，馆阁是出名臣贤相的政府机构。在馆阁任职期间，欧阳修积极关注现实政治，对朝政的得失直陈己见。景祐三年，朝廷中以吕夷简为代表的守旧派和以范仲淹为代表的革新派展开激烈的论战。这次论战以革新派的失败告终，范仲淹被贬职饶州知州。司谏高若讷不仅不能声张正义，反而落井下石，诋毁范仲淹。欧阳修激于义愤，写了《与高司谏书》指责高若讷对新政人士的迫害。他因此而得罪守旧派诸臣，被贬职为峡州夷陵（今湖北宜昌）令。但这篇酣畅淋漓的《与高司谏书》却成为宋代古文中传颂千古的名作。

夷陵地处僻远，欧阳修在这一段贬谪时期所作的诗文中，也常常流露出身为谪客的伤感。但是和前人贬谪之作一味表现孤寂寥落不同的是，他在诗中往往努力化解心灵的创伤，表现出乐观自适的达观态度。在《黄溪夜泊》一诗中，他不无幽默地写道：“行见江山且吟咏，不因迁谪岂能来？”

这次贬谪夷陵有一年多的时间。此后几经周折，欧阳修于康定元年（1040）被调回东京，复为馆阁校勘。但是在此后的人生路途中，他也并不是一帆风顺，又经历了多次宦海浮沉。仁宗庆历三年（1043），他知谏院。庆历五年，由龙图阁直学士降知滁州（今属安徽），庆历八年又改知扬州。在人生的逆境中，他并不气馁；当命运转向顺境时，他也并不欣喜若狂。在被贬谪到贫困僻远的滁州三年之后，宋仁宗觉得对他处罚不公，因此将他移去繁华富裕的扬州做知州。在离开滁州的送行酒宴上，欧阳修写下了这样一首笔调冷静的诗："花光浓烂柳轻明，酌酒花前送我行。我亦且如常日醉，莫教弦管作离声。"（《别滁》）表现出理性冷静、不执着于个人得失的生命态度。

仁宗至和元年（1054），欧阳修丁母忧期满回朝，迁升翰林学士，此后仕途比较平顺。仁宗嘉祐六年（1061），欧阳修出任参知政事（相当于副宰相），达到了仕宦生涯的顶点。宋英宗即位后，欧阳修进位金紫光禄大夫。宋神宗即位不久，欧阳修受到诬告，由观文殿学士转刑部尚书，出知亳州（今属安徽）。神宗熙宁元年（1068），转兵部尚书，徙知青州（今属山东）。熙宁三年，又改知蔡州（今河南汝南）。就在这一年，他改号为六一居士。由于与当政者意见不和，欧阳修觉得该是退出政治舞台的时候了。他累次上奏章要求退休，熙宁四年，终于以观文殿学士、太子少师致仕。这年七月，他退居颍州（今安徽阜阳），他曾几度在这里为官或暂居。第二年，即熙宁五年，六十六岁的欧阳修辞别人世。

欧阳修对宋代文风的变革和宋诗风格的形成发挥了重要作用。他既是文坛巨匠，又是一代名臣，这种双重身份，是他推行新文风的有利条件。他爱惜人才，乐于培养人才。当时许多著名文人，不是他的朋友，就是他的学生。比如尹洙、梅尧臣、苏舜钦等，都是他的挚友。后来同他一起名列"唐宋八大家"的苏轼、苏辙、曾巩，都是他一手提拔的俊彦。八大家中的另外两位苏洵和王安石，也都是由他引荐给朝廷的。

在宋初的文坛上，五代文风和浮靡华丽的西昆体盛行一时。在欧阳修登上文坛领袖的位置之前，国子监直讲石介已经开始对西昆体展开激烈批判，对年轻的太学生们影响很大。但是石介对西昆体的批判矫枉过正，结果太学生竞以险怪艰涩为尚，又形成了风行一时的"太学体"。宋仁宗嘉祐二年（1057），欧阳修和好友梅尧臣一起主持礼部贡举考试。他利用这次选拔人才的机会，对怪僻生涩的“太学体”痛加洗刷，整顿文风。宋人沈括的《梦溪笔谈》里记载了这样一个故事。当时有个叫刘几的，是“太学体”文风的代表。欧阳修阅卷的时候读到一份卷子，里面写着“天地轧，万物茁，圣人发”这样怪异的句子。欧阳修说：“这肯定是刘几。”于是在试卷上续了两句：“秀才剌（荒谬），试官刷。”然后拿红笔把这份卷子从头抹到尾，批了个“大纰缪”的评语，贴出场外。事后拆开糊名一看，果然是刘几。这次整肃对太学生们震动很大。两年后，欧阳修再次主持贡举，担任殿试详订官。他读到一份卷子，觉得文章写得畅达雅正，于是亲自擢为殿元（第一名）。等到宣布名次的时候，发现这份卷子是一个叫刘辉的人写的。结果有知情的人告诉欧阳修说：“这就是那位刘几，现在换了名字。”怪僻的“太学体”就这样终于从文坛上被肃清。

在欧阳修主持的科举考试中，苏轼、苏辙、曾巩等都进士及第，后来他们都成为一代文章之士。嘉祐科举的得人之盛，历来为史书所称道。欧阳修从此成为公认的文坛领袖。在他的领导下，完成了继唐代韩愈、柳宗元倡导的古文运动之后的第二次文章革新。从这里开始，古文这种文学样式历诸代而不衰，成为中国传统文章体式中的正宗。

新古文运动的理论和实践不但影响了当时的散文创作，而且直接影响到宋代诗风。欧阳修对宋代诗风变革的贡献同样显著。他和友人苏舜钦、梅尧臣共同提倡一种“平易疏畅”（宋叶梦得《石林诗话》）、舒卷自如的诗风。这种诗风得益于唐代韩愈诗歌“资谈笑，助谐谑，叙人情，状物态，一寓于诗而曲尽其妙”（《六一诗话》）的文风。比起宋初馆阁诗人贫弱狭隘的西昆体诗歌，欧阳修等人倡导的新的诗风无疑内容更为广阔，更重视现实生活，也更加健康。在欧阳修的诗集中，有怜悯贫民之苦的《食糟民》，有同情边境百姓的《边户》，有关涉庆历党争的《重读徂徕集》，都是这一类现实主义诗风的代表作品。梅尧臣赞美欧阳修的诗：“君能切体类，镜照嫫与施。直辞鬼神惧，微文奸魄悲。”（《寄滁州欧阳永叔》）他认为，欧阳修那些议论时政、褒贬现实的诗作，具有惊天地、泣鬼神的力量。

欧诗诸体皆擅，有很多优秀作品。但他对自己作品的评价，有时不够准确。比如他古体学李白，《庐山高赠同年刘中允归南康》就是模拟李白《庐山谣寄卢侍御虚舟》的作品。欧阳修自己对这首诗非常满意，有“今人莫能为，惟李太白能之”的自赞（叶梦得《石林诗话》）。然而这个评价并没有得到他人首肯。清人洪亮吉《北江诗话》卷二里说“欧公善诗而不善评诗”，并认为《庐山高》“在公集中，亦属中下”。这个说法还是比较客观的。

欧阳修少年时即喜爱韩愈的诗。除了学习韩愈诗的现实性内容外，在诗歌的形式上，他也继承了韩愈以文为诗的特点。他善于以议论入诗，但是避免了韩诗部分作品枯燥艰涩的弊病。欧阳修的以文为诗，不仅仅体现在流畅的句式上，更表现在以古文的气势和结构来作古诗，使得诗歌具有体格峭健的风味。宋诗以议论见长，在这一方面，欧阳修也可谓开风气之先。例如《再和明妃曲》“耳目所及尚如此，万里安能制夷狄”，《唐崇徽公主手痕和韩内翰》“玉颜自古为身累，肉食何人与国谋”，等等，都能够发前人所未发。这种类似于政论文的笔墨，被他妥善安排在本以抒情见长的诗歌中，亦能够妥帖流畅，并无干涩之病。这种以文为诗的新风尚，对于后来的王安石、苏轼等人都有启发作用。宋代特有诗风的形成，欧阳修实为先导。

欧阳修并不是一个专力为词的词人。宋罗大经《鹤林玉露》称他是“游戏作小词”。欧阳修自己也说，他填词的目的是以这种“薄伎，聊佐清欢”（《采桑子·西湖念语》）。他填词的观念还是比较保守和传统的。但是，欧词能自成一家。在词史上，欧词起到了承前继后的作用。在娱宾遣兴的五代花间词和抒情写志的北宋文人词之间，欧词成为一座桥梁。

欧阳修的大部分词作，取材不脱《花间集》的范围，以离愁别恨和儿女情长为主要题材。但其词风清新俊逸，艺术水准很高。他的词风与南唐词人冯延巳比较接近，以至于两人的词作常常混淆。对一些词作到底是欧阳修所作还是冯延巳所作，后人往往争论不已。比如《蝶恋花》（庭院深深深几许）这首脍炙人口的名作，就既见于欧阳修的《六一词》，又见于冯延巳的《阳春集》。总之，和当时词坛上的另外一位著名词人晏殊一样，欧阳修的词风未能完全摆脱五代词风的影响。清刘熙载《艺概》中称：“冯延巳词，晏同叔（晏殊）得其俊，欧阳永叔（欧阳修）得其深。”近代王国维的《人间词话》则说得更加具体：“余谓冯正中《玉楼春》词：‘芳菲次第长相续，自是情多无处足。尊前百计得春归，莫为伤春眉黛蹙。’永叔一生似专学此种。”

实际上，王国维等人的评价只看到了欧词的一个侧面，作为开创风气的一代文宗。欧阳修在词的领域也和在诗文创作领域一样，表现出一种革新精神。这种革新，首先表现在他对词的抒情功能的拓展。欧词的确长于剪红刻翠和表现儿女之情，但是并不局限于此。屡遭贬谪的宦海浮沉经历，使得欧阳修对人生命运的变幻无端和宦海风波的艰险有着深切的体验。而这种深切的生命体验，往往见于他的词中。

比如他的《临江仙》词：“如今薄宦老天涯。十年歧路，空负曲江花。”又如作于至和元年的《圣无忧》：“世路风波险，十年一别须臾。人生聚散长如此，相见且欢娱。　好酒能消光景，春风不染髭须。为公一醉花前倒，红袖莫来扶。”这首词回顾庆历新政失败后十年间自己的“世路风波”，感慨大好的青春年华已经耗去。他的愤懑，借“相见且欢娱”的反语表达。好酒劝醉，红袖倩扶，格调虽然还从《花间词》之旧，但其中对人生感慨的深度，却是花间词人所远远不及的。作于扬州的《朝中措·送刘仲原甫出守淮扬》一词，就是这种抒发词人人生体验和心态的代表词作：“平山栏槛倚晴空，山色有无中。手种堂前垂柳，别来几度春风。　文章太守，挥毫万字，一饮千钟。行乐直须年少，樽前看取衰翁。”欧阳修潇洒疏朗的精神气质呼之欲出。这种乐观旷达的人生态度，和用词这种“小道”文体来抒情写志的方式，后来都为苏轼所继承。苏轼“指出向上一路”，开辟了词的一重崭新天地。推本溯源，欧阳修实为先声。

有时候，欧词中这种宦海飘浮之感是借助于传统的写景方式隐约透露的。比如在欧阳修居官颍州期间写下的《采桑子》组词中，有这样一阕：“笙歌散尽游人去，始觉春空。垂下帘栊，双燕归来细雨中。”题材虽是习见的伤春惜春，但其中透露出一种历经人世变幻后的宁谧静观，有着深层的哲理性，耐人咀嚼。

欧词的革新性还表现在对民间作品的学习。欧阳修作为一代儒宗，在诗文等传统文体中表现出的都是士大夫治国安民的面貌。独独在“小词”中，他却表现出旖旎情怀的一面。比如《怨春郎》（为伊家终日闷）用俚语入词，《南歌子》（凤髻金泥带）纯用口语白描。这些词反映出的词人旨趣，大异于欧阳修在一般人们心目中的儒者形象，因此惹起了众多后人的怀疑。反对欧阳修的一方从这些“艳词”出发，编造出许多风流韵事来诋毁欧阳修的人格；欧阳修的支持者们则根本否认这些词是欧阳修的作品。南宋的陈振孙在《直斋书录解题》中，就说欧词中“有鄙亵之语一二其中，当是仇人无名子所为也”。其实欧阳修作艳词，正说明他是用一种更加轻松、更加自然无拘束的心态来创作词的。这是真实的欧阳修的另一个侧面。

晚年欧阳修退居富有山水佳趣的颍州，常常泛舟颍州西湖之上，过着宁静逍遥的生活。颍州风景秀丽，物产丰美，“肥鱼美酒偏宜老，明月清风不要钱”（《寄河阳王宣徽》），欧阳修在这里渡过了人生的最后岁月。他这一时期写的自传《六一居士传》中，云“藏书一万卷，集三代以来金石遗文一千卷，有琴一张，有棋一局，而常置酒一壶”，描述了“以吾一翁，老于此五物之间”的逍遥生活。

欧阳修留下了卷轶浩繁的一百五十三卷《欧阳文忠公集》。王安石是欧阳修所提拔的后辈人才中的佼佼者，他在《祭欧阳文忠公文》中高度颂赞了欧阳修的道德修养和文学成就：“如公器质之深厚，智识之高远，而辅以学术之精微。故形于文章，见于议论，豪健俊伟，怪巧瑰琦。其积于中者，浩如江河之停蓄；其发于外者，烂如日星之光辉；其清音幽韵，凄如飘风急雨之骤至；其雄辞闳辩，快如轻车骏马之奔驰。”论德论文，欧阳修都无愧于一代文宗之名。

晚泊岳阳

卧闻岳阳城里钟，
系舟岳阳城下树。
正见空江明月来，
云水苍茫失江路。
夜深江月弄清辉，
水上人歌月下归。
一阕声长听不尽，
轻舟短楫去如飞。

题解

本诗作于宋仁宗景祐三年（1036）九月贬官夷陵（今湖北宜昌）的途中。这一年，欧阳修写信切责司谏高若讷，为范仲淹辩护，并批评高若讷不能主持正义，因此而被贬为峡州夷陵县令。岳阳，今属湖南岳阳，宋代为岳州州治。欧阳修这次贬职，本来打算从陆路去，却因为没有马匹，不得已改为乘船，从水路绕道前往。欧阳修在给妻兄薛公期的信中说，这次贬官“溯

晚泊岳阳 诗意图 董家良 绘

汴绝淮，凡五千里，一百一十程，才至荆南”。同船而行的还有欧阳修的家眷、母亲郑氏和已经守寡在家的妹妹。根据欧阳修途中作的《于役志》记载：“（九月）己卯（初四）至岳州，夷陵县吏来接，泊城外。”本诗应该即作于此时。

在这次漫长的旅途中，诗人历经了种种艰难险阻。但是最让他忧虑的还是朝廷中的政治斗争。对国家前途的关切和对本人未来命运的迷茫，在这一时期的诗歌中时有体现。

【句 解】

卧闻岳阳城里钟，系舟岳阳城下树

到了岳阳城外，停船在岸边树荫中；在舟中躺着休息时，远远听到岳阳城中传来的钟声。这两句诗在语句重复中又有参差，语言清新，富有流动性，具有民歌的色彩。

正见空江明月来，云水苍茫失江路

这两句是写停舟所见到的夜晚时分江上的风景。空旷的江面上，唯有明月朗照；江面升起袅袅白雾，和月光混在一起，水光月色，一片迷茫，让人看不清江岸上的来路。“失”，隐没，消失。

夜深江月弄清辉，水上人歌月下归

夜渐渐深了，水面的白雾散去。一轮明月朗照大地，清澈的月光和江水上下相映。停泊在江上的船里的其他旅人，晚上到岳阳城中去寻欢作乐，这时候也唱着歌儿踏月而归。一个“弄”字，将本来没有情感的客观景物月光拟人化了。似乎愈是夜深，月儿愈是抖擞精神，将清澈的月光洒向江上。“江月弄清辉”和下句“水上人歌”的情形相映照，有情人和无情物都显得如此兴致盎然。而这样的兴致，与夜间独卧舟中的贬臣欧阳修的心情，形成鲜明的对照。诗人愈是写舟外他人的兴致，就愈是衬托出舟中自己的寂寞心境。

一阕声长听不尽，轻舟短楫去如飞

那邻舟的歌者，乘着小船已经飞快地远去，只听见他的歌声余音未尽。全诗在渐渐消逝于远方的歌声中结束。这样的结构方式，很可能受到唐代钱起《省试湘灵鼓瑟》的结尾名句“曲终人不见，江上数峰青”的影响。但钱诗是应试的命题诗作，欧诗是写实。两相比较，更显出欧诗的质朴。

"阕"，音乐一曲为一阕；"听不尽"，指一曲还没有听完；"短楫"，短小轻便的船桨。

评解

欧阳修大力反对宋初以馆阁之臣杨亿等为代表的西昆体诗。西昆体以唐代李商隐的七律为学习对象，语言刻意雕琢求工，喜欢堆砌典故。但是其弊端是徒有形式，缺乏内容。欧阳修的七律等近体诗创作正好与之相反。他的诗中很少用典，也不追求语言的华丽藻饰，而是多用浅近自然的本色语言，读起来给人以清新明快之感。本诗可谓这种风格的代表。

欧阳修这次贬职，路途艰难。但最让他忧虑的还是国家的前途和个人的命运。全诗从字面上看，只是写停舟江上月下的见闻。但是如果联系欧阳修此时身为谪臣的心境，就会发现"正见空江明月来，云水苍茫失江路"等句，在风景描写中隐寓着诗人的迷茫和失落。无限的羁旅愁思，蕴含在空灵的景物描写之中。清代人方东树说欧阳修的诗歌"情韵幽折，往返咏唱，令人低徊欲绝。一唱三叹，而有遗音，如啖橄榄，时有余味"（《昭昧詹言》），本诗可谓例证。他在镇江时作的《初出真舟泛大江作》一诗，同样表现了这种迷茫情绪："孤舟日日去无穷，行色苍茫雾霭中。山浦转帆迷向背，夜江看斗辨西东。"

夷陵岁暮书事呈元珍表臣

萧条鸡犬乱山中，
时节峥嵘忽已穷。
游女髻鬟风俗古，
野巫歌舞岁年丰。
平时都邑今为陋，
敌国江山昔最雄。
荆楚先贤多胜迹，
不辞携酒问邻翁。

题解

这是仁宗景祐三年（1036）岁末作者写给友人的诗。元珍，即丁宝臣，字元珍，当时任夷陵判官；表臣，即朱处仁，字表臣，当时任夷陵推官。夷陵地处偏僻，百姓贫困，古称荆蛮之地，汉族与少数民族杂居。因为地远而贫穷，官吏俸禄微薄，所以“为吏者多不欲远来，而居者往往不得代，至岁满或自罢去”（欧阳修《夷陵县至喜堂记》）。在欧阳修看来，贬官夷陵是

夷陵岁暮书事呈元珍表臣 诗意图　崔晓东 绘

朝廷让他这样的“罪戾之人”受惩罚，“使其憔悴忧思而知自悔咎”的去处。在到达夷陵之前，欧阳修的心灵是颇不平静的，他担心自己以谪臣的身份，到了夷陵后会备遭凌辱白眼。但是到了夷陵后，他却受到新朋旧友的热烈欢迎。夷陵知州朱庆基，在欧阳修到来时亲自率领僚属到郊外迎接，又特地在县舍盖了高大的房屋给欧阳修安家居住。同僚丁宝臣、朱处仁、处士何参等都和欧阳修成为好友，彼此经常诗文唱和。如此深情厚谊，令欧阳修十分感动。这首诗展现了欧阳修见到的夷陵的风俗画面和浓郁的人情。

【句 解】

萧条鸡犬乱山中，时节峥嵘忽已穷

夷陵地处乱山之中，经济也不发达。欧阳修的《夷陵县至喜堂记》记载，当时夷陵只有一二千户人家，堪称“萧条”。“鸡犬”，这里指百姓人家。“时节”句指时光飞逝，不觉之间已经到了年底，和题目中的“岁暮”相呼应。“忽”字写出时光流逝之速。“峥嵘”，形容岁月逝去；“穷”，尽。

游女髻鬟风俗古，野巫歌舞岁年丰

这两句写夷陵浓郁的地方风情。夷陵地方的少数民族女子，梳着不同于中原地区的发型，饶有古老的趣味。“髻鬟”，女子的发式。因为本年获得丰收，巫师载歌载舞，答谢神灵。《夷陵县至喜堂记》中说，夷陵人民“俗信鬼神”，野巫歌舞酬神，正是这种风俗的表现。而这些都让深受儒家文化熏陶的欧阳修感到新奇。欧阳修在夷陵时还做过《初至夷陵答苏子美见寄》，里面也写到夷陵风俗，云“俚歌成调笑，摖鬼聚喧嚣”。

平时都邑今为陋，敌国江山昔最雄

夷陵现在的城市非常简陋。而在战乱纷纷的春秋战国年代，这里曾经是楚国的土地，出现过雄伟的国度。夷陵古属楚国，故云。夷陵街市的荒凉简陋，欧阳修在诗文中多次提到，比如《初至夷陵答苏子美见寄》中说：“县楼朝见虎，官舍夜闻鸮。”老虎和猫头鹰这样的野生禽兽甚至在县衙中出现，其荒凉可知。街市则是“通衢不能容车马，市无百货之列，而鲍鱼之肆不可入”，狭小而且肮脏。夷陵与欧阳修之前生活过的东京汴梁和西京洛阳这样的繁华都市形成鲜明对照。然而面对眼前的荒陋景象，诗人却悠然怀古，追忆起历史长河中这片江山昔日的繁盛。

荆楚先贤多胜迹，不辞携酒问邻翁

夷陵在古代属于荆楚之地，这里留下很多名人的遗迹。因此，趁着岁暮闲暇的功夫，作者欣然带着酒肴，去访问邻家的老者，与他畅谈地方掌故。“先贤”，历史上的著名贤良人物；“邻翁”，这里特指处士何参。何参是夷陵地方一位不求闻达的贤哲，对地方历史非常熟悉，欧阳修经常与他谈论，感情深厚。

评解

本诗从夷陵地理环境的僻远写起。接着感慨匆匆之间，不觉已是年末。下面则写夷陵的特殊风俗，既富有趣味，又暗含诗人的“异乡”之感。然而诗人毕竟胸怀开阔，能从眼前街市的荒陋中，遥想本地悠久的历史。末联写携酒探访邻翁，谈论本地先贤胜迹，情味浓厚。

戏答元珍

春风疑不到天涯，
二月山城未见花。
残雪压枝犹有橘，
冻雷惊笋欲抽芽。
夜闻旅雁生乡思，
病入新年感物华。
曾是洛阳花下客，
野芳虽老不须嗟。

题解

这首诗作于欧阳修被贬至夷陵的次年，即宋仁宗景祐四年（1037）的春天。元珍，丁宝臣的字。这首诗的题目又作《戏答元珍花时久雨之什》，是回赠丁宝臣的诗篇。欧阳修在夷陵的心境相当寂寞，诗中写出他被贬职到偏僻山城后的荒寂无聊。虽然诗题是“戏答”，结尾处又以自嘲来开解这种寂寞，但读者从中仍不难读出诗人那种挥不去的无奈心情。

戏答元珍 诗意图　赵晨 绘

【句 解】

春风疑不到天涯，二月山城未见花

春风本来浩荡无边，诗人却偏偏要问：为什么春天没有到我们这天涯地角呢？这看似无端的问话难免引发读者的猜疑。但诗人马上指出，已经是早春二月，山城（指夷陵）里却还没有春花的影踪。读到这一句，读者便觉得诗人的发问确实有理，同时对诗人所在的山城的荒寒环境，留下很深的印象。欧阳修对这两句精彩的诗非常满意，在《笔说 · 峡州诗说》里自己评论说：“‘春风疑不到天涯，二月山城未见花’，若无下句，则上句何堪？既见下句，则上句颇工。文意难评，盖如此也。”

残雪压枝犹有橘，冻雷惊笋欲抽芽

这两句进一步细致描写山城夷陵“未见花”的早春景色。枝头还留着去冬的残雪，雪中点缀着没有摘光的橘子。天气还很寒冷，不过已听得到空中有打雷的声音；这隆隆雷声大概会惊醒地下沉睡的竹笋，促使它们抽芽生长吧？“犹有”和“欲抽”，一正一反，强调的都是春天还没有来到夷陵。这两句写景，很见本地风物特色。橘和笋都是夷陵本地的特产，欧阳修在《夷陵县至喜堂记》说夷陵有“橘、柚、茶、笋四时之味”，可作参考。“冻雷”，冬天的雷。

夜闻旅雁生乡思，病入新年感物华

“旅雁”，迁徙的大雁。春天大雁向北方飞去，诗人在夜间听见天空中大雁的鸣叫，知道又到了雁群北还的季节。而自己却困守在荒凉的山城中，他不由得思念起北方京城的朋友家人。古代诗歌中常借助大雁表达怀乡的情感，比如隋代薛道衡的《人日思归》诗，有“人归落雁后，思发在花前”的名句。欧阳修在这里暗用薛诗的诗意。“物华”，泛指人世间的美好事物。新年本应是万象更新的节日，诗人却一直生着病。对人世间的种种美好，病中的诗人自然感慨良多。这两句一作“鸟声渐变知芳节，人意无聊感物华”。

曾是洛阳花下客，野芳虽晚不须嗟

洛阳牡丹在北宋时负有盛名，据宋人陶穀《清异录》记载，“洛阳花福”是当时所谓“天下九福”之一。欧阳修在宋仁宗天圣八年到景祐元年（1030－1034）间当过洛阳的留守推官。他非常喜爱洛阳牡丹，还写过《洛阳牡丹记》和《洛阳牡丹图》诗。这两句以自嘲自解的口吻说，既然天下闻名的洛阳牡丹

我都见识过了，那么夷陵的野花虽然开得晚些，也不必嗟叹遗憾了吧。

评解

欧阳修被贬职后，内心苦闷，情见乎诗文。这首七律全篇笼罩着他在夷陵谪居的寂寞心情。然而作为一个具有深厚儒家修养的封建士大夫，他又善于自我开解和安慰。这首诗以“戏答”为题，尾联更以貌似轻松的口吻自我解嘲。近代陈衍《宋诗精华录》评本诗“结韵用高一层意自慰”。欧阳修的另一首诗《黄溪夜泊》的结尾用了类似的表达方法，说“行见江山且吟咏，不因迁谪岂能来”，也是从艰苦生活中寻找乐趣。但读者从这些勉强振作的诗句中，读到的仍是诗人深沉的苦闷和寂寞。明末清初的王夫之评论《诗经·小雅·采薇》中的名句“昔我往矣，杨柳依依；今我来思，雨雪霏霏”时说：“以乐景写哀，以哀景写乐，一倍增其哀乐。”（《薑斋诗话》）欧阳修这首诗正可以说是“以乐景写哀”。“洛阳花下”的乐景，“不须嗟”的自解，使读者更能体味诗人的悲凉心境。

春日西湖寄谢法曹歌

西湖春色归，春水绿于染。
群芳烂不收，东风落如糁。
参军春思乱如云，白发题诗愁送春。
遥知湖上一樽酒，能忆天涯万里人。
万里思春尚有情，忽逢春至客心惊。
雪消门外千山绿，花发江边二月晴。
少年把酒逢春色，今日逢春头已白。
异乡物态与人殊，惟有东风旧相识。

题解

本诗作于宋仁宗景祐四年（1037），当时作者在夷陵任上。西湖，本诗中指河南许昌的西湖，本诗中有自注：“西湖者，许昌胜地也。”谢法曹，即谢伯初，字景山，时任河南许州（今河南许昌）司法参军。法曹，宋代州府设录事参军、司户参军、司理参军、司法参军等官职，其中司法参军又称法曹。

春日西湖寄谢法曹歌 诗意图　赵晨 绘

谢伯初爱好杜甫、杜牧的诗，是一位同样在官场上不得意的诗人。欧阳修《六一诗话》中记谢伯初“仕宦不偶，终以困穷而卒”。这年春天，谢伯初遣人从远方给作者送来一方古瓦砚和三篇诗文，安慰作者的贬职。作者写了一些诗答谢，这是其中的一首。这时欧阳修也是不得志的谪臣，因此本诗有惺惺相惜的意味。

【句 解】

西湖春色归，春水绿于染。群芳烂不收，东风落如糁

这几句是对许州西湖春景的想象。谢法曹所在的许州，春天已经到来，西湖春景美不胜收。春水碧绿，如同新染出的织物。花朵繁密灿烂，东风吹来，细碎的花瓣落满一地，点点如糁。“染”，新染出的织物。古人常用织物的色彩或形态来比拟水的状态，如唐代白居易《忆江南》“春来江水绿如蓝”，宋代苏轼《定风波》词“夜阑风静縠纹平”。“糁”，本意指碎米，后常用来形容散碎粒状的物体，如落花、柳絮等，唐代杜甫《绝句漫兴》之七云“糁径杨花铺白毡”；本处指飘落在地上的散碎花瓣。

参军春思乱如云，白发题诗愁送春。遥知湖上一樽酒，能忆天涯万里人

参军即谢伯初，他寄给欧阳修的诗中有“多情未老已白发，野思到春如乱云”之句。作者借用谢诗意象，遥想友人在春日对自己的怀念。这几句是说，谢伯初春日的思绪无边无际，如天边的浮云；他题下诗歌，送走春天。从他的诗歌里，我知道他在湖上泛舟饮酒；举起酒杯时，还思念着万里之外的我这个流落天涯的友人。“天涯万里人”，指作者自己，因为作者被贬职于地处偏远的夷陵，故称。人的思绪本是抽象的，无可捕捉。而作者在这里用空中同样不受拘束、变幻不定的白云来比喻，化抽象为形象，十分生动。“遥知”二句，从反面着笔，写对方对自己的怀念，以此来表示自己对友人的思念。二人之间友谊的深厚，由此可见。这种从对方角度想像落笔的手法，和唐代李商隐的名作《夜雨寄北》构思类似。

万里思春尚有情，忽逢春至客心惊

这两句转换成作者本人的叙述角度。作者在万里之外，同样多情地盼望着春天的到来。然而一旦春天真的来到夷陵，这时序的匆匆变换，又不由得让

他悚然心惊。开头“万里”，上承上句的“天涯万里人”，属于诗歌中的辘轳体。“惊”字是本句见出锤炼工夫的地方。有情而思春，春至却心惊，这种不合理的逻辑反差，表现出诗人在异乡孤独的生活中对时光飞逝格外敏感。

雪消门外千山绿，花发江边二月晴

这两句具体写夷陵春天初至的景象。城门外峰峦连绵，山上的积雪刚刚融解，草木发芽，山色转绿。江边的野花也纷纷开放，一派春晴景象。积雪初消，江花始放，是强调夷陵的春天来得很晚，和上文所写的许州春日“群芳烂不收，东风落如糁”的盛景形成对照。

本诗多用流畅的散句，而这两句却又是工整的对偶。散偶相间，使得整首诗于参差流荡之中又不失法度。

少年把酒逢春色，今日逢春头已白

这两句是将少年时期和现在对比。少年时期，作者对人世间一切美好的事物都充满了热爱。每当春天降临，不肯白白辜负春光，便举杯痛饮美酒，欣赏这无边的春色。而今，又一个春天来临了。春天还是那个少年时期举杯欣赏的春天，人却已经白发苍苍，再也不是少年，也再没有昔日的豪情逸兴。变与不变的对照之间，流露出的是对时光不再的深沉感慨。“头已白”，欧阳修这一年刚三十岁出头，但他常说自己早衰，《初至夷陵答苏子美见寄》诗中就说：“白发新年出，朱颜异域消。”称“头已白”，也有感慨时光飞逝、人事变化无常的意思。

异乡物态与人殊，惟有东风旧相识

地处僻远的夷陵，对于欧阳修来说是陌生的异乡。这两句是说，异乡的一切都和我以前熟悉的不一样；只有这东风，算是旧日的相识。但这惟有的相识，反而强化了“异乡物态”的陌生感。作者寂寞苦闷的心情跃然纸上。

评解

欧阳修的诗歌风格多样。他学习韩愈，却避免了部分韩愈诗枯涩艰险的特点，而是取韩诗畅达的一面。他有些诗歌又学习李白清新流畅的风格，苏轼为欧阳修文集做的序说他“诗赋似李白”，确是的评。这首诗正是欧阳修诗中学习李白诗风的代表作，是欧诗中的名篇，

诗前半部分从谢伯初方面着笔，后半部分转为对自身的感叹。转折之

中，兴叹无端。于整篇散句中加入“雪消门外千山绿，花发江边二月晴”这样对偶工整的律句，使得整篇更显得峭拔，因此受到后人的称道。本诗体现了欧阳修“古诗时为一对，则体格峭健”（宋吴可《藏海诗话》引）的诗歌风格。欧阳修本人对这首诗也是比较得意的。在晚年编订的《六一诗话》中，他曾回忆说：“余初谪夷陵时，景山方为许州法曹。以长韵见寄，颇多佳句，有云：‘长官衫色江波绿，学士文华蜀锦张。’余答云：‘参军春思乱如云，白发题诗愁送春。’盖景山诗有‘多情未老已白发，野思到春如乱云’之句，故余以此戏之也。”

丰乐亭游春（其三）

红树青山日欲斜，
长郊草色绿无涯。
游人不管春将老，
来往亭前踏落花。

题解

宋仁宗庆历五年（1045）三月，欧阳修仗义执言，上《论杜衍范仲淹等罢政事状》，为革新诸臣杜衍、范仲淹等争辩，痛斥宰相吕夷简等“谗害忠臣”、“广陷良善”。对优柔寡断、轻信谗言的宋仁宗，欧阳修也在文中作了旁敲侧击的批评。守旧派对欧阳修非常仇恨，以卑劣的手段诬告他，欲将他置于死地。虽然事实真相被查清，但宋仁宗迫于当时掌权的吕夷简等守旧派的压力，依然将欧阳修罢去龙图阁直学士、河北都转运按察使等职位，贬为滁州（今属安徽）知州。

丰乐亭游春（其三） 诗意图　陈红 绘

欧阳修任地方官，一向实行休养生息政策。滁州在他的治理下，很快变得政通人和，人民安乐。为了表示与民同乐，欧阳修在滁州城西修建了丰乐亭，“疏泉凿石，辟地以为亭，而与滁人往游其间”（《丰乐亭记》）。亭的命名由来，是“幸其民乐其岁物之丰成，而喜与予游也”。丰乐亭遗址在今日滁州城西一里左右的大丰山下，亭东十余步就是幽谷泉。

这首诗作于庆历七年暮春。当时欧阳修来到丰乐亭游玩，作诗三首抒发游兴。本诗是其中的第三首。

【句解】

红树青山日欲斜，长郊草色绿无涯

上一句是说，游人在丰乐亭尽情游赏，不觉已经到了傍晚。斜阳的余晖映红了树木，和青翠的山色相映。树本为绿色，本处却说“红树”，用语甚奇。一方面以斜阳染红树木来表示时已近暮，可见游人在丰乐亭留连忘返；一方面“红”和青山之“青”又形成颜色鲜明的对比衬托。“红树”，指被落日映红的树木。

下一句从空间高处的树木山峦，转向空间低处的草地：郊野绿草青青，铺向天边，没有尽头。长郊而绿草无涯，视野极为广阔。“长郊”，广阔的郊野。

游人不管春将老，来往亭前踏落花

丰乐亭前的游人不珍惜这即将逝去的春天，在亭前来来往往。那落在地上的花瓣，都被游人踏入春泥中去了。这样写，一面见出身为滁州百姓的“游人”在太平岁月安享春光，一片安乐宁和；一面又以惋惜游人践踏落花，表现诗人自己对春光的珍惜，显得委婉蕴藉。

评解

滁州地势险要，在五代时是兵家必争之地，饱受战火蹂躏。入宋之后，经过百余年的修养生息，滁州民生得到恢复。欧阳修来滁州任职，“乐其地僻而事简，又爱其俗之安闲”（《丰乐亭记》）。欧阳修的友人曾巩在《奉和滁州九咏九首并序》中写到欧阳修和滁州山水的关系：“先生贬守滁。

滁，小州，先生为之，殆无事。环州多佳山水，最有名琅琊山。近得之曰幽谷，先生散游其间，又赋诗以乐之。”欧阳修这一时期醉心于山水之中，借山水之趣陶冶情操，而忘却人世间种种纷争。这组《丰乐亭游春》诗即滁州山水诗中的代表作，表露出诗人徜徉山水、留连春光的情趣。本诗语言平易疏畅，不用任何典故，而全诗色调鲜艳，“红树”、“青山”、“绿草”，明丽如画。

画眉鸟

百啭千声随意移，
山花红紫树高低。
始知锁向金笼听，
不及林间自在啼。

题解

这是诗人庆历七年（1057）春在滁州任职时的作品，借咏画眉鸟而寓寄托。题目一作《郡斋闻百舌》，郡斋即知州所居住的官舍。

画眉鸟 诗意图 陈红 绘

【句 解】

百啭千声随意移，山花红紫树高低

画眉鸟的鸣声婉转多变，又称“百舌”，所以诗中用“百啭千声”来形容其鸣声的千变万化。诗人在官舍中听到鸟鸣，并没有见到枝叶中的鸟影。但是从鸟声高下远近的变化中，可以想象到画眉鸟在叶底花间上上下下、自在跳跃的活泼姿态。上句虽只写鸟鸣，而一片灿烂的春光，已经在想象中浮现在读者眼前。下句承接上句的“移”字而来，具体写画眉在什么地方鸣叫。它无拘无束，一会儿跳上绿树的高枝，一会儿又跳下来落到开满万紫千红花朵的灌木丛中。绿树红花是画眉声的背景。画眉如此自由自在，正与下文“锁向金笼”相成对照。

始知锁向金笼听，不及林间自在啼

作者听着大自然中自由鸣叫的画眉声，不由生出感慨：那锁在笼中人工饲养的鸟儿，纵然盛以华贵的鸟笼，喂以精美的鸟食，可是最宝贵的自由已经失去，又怎么唱得出林间画眉如此自在动人的歌声！这种达观的自然论，显然来自于道家老庄思想。清代郑燮论养鸟时也说：“欲养鸟莫如多种树，使绕屋数百株，扶疏茂密，为鸟国鸟家。将旦时，睡梦初醒，尚辗转在被，听一片啁啾，如云门咸池之奏。及披衣而起，颐面漱口啜茗，见其扬翚振彩，倏往倏来，目不暇给，固非一笼一羽之乐而已。大率平生乐处，欲以天地为囿，江溪为池，各适其乐，斯为大快，比之盆鱼笼鸟，其巨细仁忍何如也！”

评 解

这是一首寓有寄托的咏物小诗。诗人春天在滁州官舍中听到的阵阵鸟鸣，勾起了他对人生的哲学思考。在遭受外界名利的重重束缚，丧失了本性的天真自由之后，人是否还能发出属于自己的声音？也许只有寄情山水之中，向自然敞开怀抱，才能重新发现一个真实的自我。

欧阳修少年进士及第，春风得意，并在文坛崭露头角，声名鹊起。中年时期，却因为卷入朝廷中的新旧党争，屡遭贬谪。但他并不一味嗟叹哀怨命运的不公，而是善于在逆境中找回平静的心态，并在逆境中咀嚼人生，获得新的体悟。贬谪对于欧阳修的政治生涯固然是一种打击，但对于他的文学生涯来说，却是一笔宝贵的财富。欧阳修在滁州任上，以逐臣而为名太守，并写下大量优秀诗文。从庆历五年八月到庆历八年正月，四年不到的滁州任上，他创作的诗歌多达六十余首，其中不少被视为佳作。他后来在《书三绝句诗后》中说到，朋友梅尧臣、苏舜钦在这个时期也不谋而合，分别写了咏竹鸡、黄莺和画眉的三首绝句，成为文学史上一次有趣的巧合。欧阳修本人解释说，这大约是三人“精神会通”的缘故。欧、梅、苏三位诗人诗风确有相近之处，又都是在宦途失意时借咏鸟而抒发情感，寄托怀抱，“精神会通”当指这种共性而言。

别滁

花光浓烂柳轻明，
酌酒花前送我行。
我亦且如常日醉，
莫教弦管作离声。

题解

仁宗庆历八年（1048）闰正月，欧阳修转起居舍人，依旧知制诰，徙知扬州。虽然官位一样还是知州，但是扬州是大州，滁州为小州；而扬州自古繁华，也远远胜过滁州。对于遭受贬职的欧阳修来说，这次升迁是仕途上的一大转机。是年二月欧阳修离开滁州太守任，在州人饯行的酒宴上作了这首绝句。

别滁 诗意图 王赫赫 绘

【句解】

花光浓烂柳轻明，酌酒花前送我行

首句写春景之美：鲜花盛开，浓艳灿烂，杨柳依依，青翠可爱。次句写饯行宴会：滁州的同僚们在花下摆下筵席，斟满美酒，为我送行。如此春日丽景，又是花间置酒，本该尽情纵酒，欣赏春光。但这酒宴却是送别的酒宴，于是一片色彩浓艳的画面中，难免浮起别离的淡淡伤感。“浓烂”，形容花色繁密鲜艳；“轻明”，形容柳丝的轻盈和色彩明丽；“酌”，倒酒。

我亦且如常日醉，莫教弦管作离声

离别令人伤感，但是作者这次离别却是贬值后迎来的升迁，按道理又应该欢喜才是。作者保持平静的心境，吩咐酒宴边上助兴奏乐的乐人，不要演奏伤感送别的乐曲，还是让我像往常一样喝醉吧。滁州是个“泉香而酒洌”的地方，欧阳修在任时，常饮酒自适。他作于滁州的诗文中，频繁出现“饮酒”、“醉”等字眼。他还自己取了个号叫醉翁，并作了著名的《醉翁亭记》。在《题滁州醉翁亭》诗中，欧阳修阐发“醉翁”的深意：“四十未为老，醉翁偶题篇。醉中遗万物，岂复记吾年……惟有岩风来，吹我还醒然。”可见他的醉，并不是完全对现实逃避，他心底还是保存着“醒然”的状态的。“常日”，往常的日子；“弦管”，指琴瑟等丝弦乐器和笛箫等管乐器，多作为乐器的代称。

评解

全诗格调轻快，语简而情味深厚。唐代诗人武元衡《酬裴起居》诗：“况是池塘风雨夜，不堪弦管作离声。”欧阳修这首诗的末两句反用了武诗之意，颇能体现翻旧为新的功力。文学作品说穷愁易，作平淡难。面对这次的升迁和离别，常人难免悲喜交集，心潮起伏。而欧阳修却表现得平和镇静。范仲淹在其名篇《岳阳楼记》中说，一个真正的高尚儒者，能够不受外物的影响，“不以物喜，不以己悲”。在欧阳修的身上，正体现出这种博大冲淡的胸怀。

梦中作

夜凉吹笛千山月，
路暗迷人百种花。
棋罢不知人换世，
酒阑无奈客思家。

题解

本诗大约作于仁宗皇祐元年（1049），当时欧阳修在颍州（今安徽阜阳）任知州。题目为《梦中作》，但诗中所写的几重境界，却不一定是真实梦境的记录，而是别有寄托。末句是全诗主旨所在。

梦中作 诗意图 刘明礼 绘

【句解】

夜凉吹笛千山月，路暗迷人百种花

这两句写梦境的片段。月色遍洒千山万水，这样凉爽的夜晚，有人在吹笛；幽暗的小径，繁密的花枝遮满道路，令人迷失。第一句的画面广阔宁谧，月下闻笛，诗人的思绪是否也飞到千山之外？第二句画面转为幽邃阴暗，似乎是诗人面临的纷乱世态的象征。这两句似乎具有某种寄托暗喻，但并不能坐实。而诗歌的朦胧艺术美，正表现在这种似可解又不可解之间。

棋罢不知人换世，酒阑无奈客思家

一局棋下完，诗人如同晋代的王质一样，恍惚间不知人间已经何世。杯中酒已经饮尽，在外的游子，却依然摆脱不掉浓浓的乡思。“棋罢”句表面写实，下了一局棋后，从紧张的思考中解脱出来，一时恍惚，竟产生时间错乱之感。深层意思则是借用南朝梁任昉《述异记》中的典故：“信安郡石室山，晋时王质伐木至，见童子数人棋而歌，质因听之。童子以一物与质，如枣核，质含之而不觉饥。俄顷，童子谓曰：“何不去？”质起视，斧柯尽烂。既归，无复时人。”后人常用这个典故表示人世间的巨大变幻带给人的沧桑之感。诗人饮酒，本来是希望谋取一醉，在醉中暂时忘记思乡的痛苦。末句却说酒阑依然思家，一声“无奈”，流露出诗人深沉的感伤。

评解

这首绝句写得恍惚迷离。前面三句每句都是一幅独立的画面，彼此内容各不相干，但都笼罩在一种寂寥伤感的情绪中。到最后一句才点出全诗的主旨——倦客对故乡家人的怀念。如此结构安排，有画龙点睛之妙。明代杨慎在《升庵诗话》卷十一中称本诗的结构模拟唐代杜甫《绝句》：“两个黄鹂鸣翠柳，一行白鹭上青天。窗含西岭千秋雪，门泊东吴万里船。”说它们都是“一句一绝”。但就末句点明诗旨而言，欧诗要胜过杜诗一筹。近代陈衍《宋诗精华录》卷一赞美说：“此诗当真是梦中作，如有神助。”

奉使道中作（其三）

客梦方在家，角声已催晓。
匆匆行人起，共怨角声早。
马蹄终日践冰霜，未到思回空断肠。
少贪梦里还家乐，早起前山路正长。

题解

宋仁宗至和二年（1055）八月，欧阳修作为右谏议大夫，被派往契丹出使，祝贺契丹国母的生辰。正逢契丹兴宗去世，道宗即位，欧阳修被转派为贺登位国信史，出使契丹。到契丹后，因为欧阳修名重当世，受到契丹方面高规格的接待。在出使的途中，欧阳修作了一组诗，共三首。这里选的第三首，表达羁旅之思。

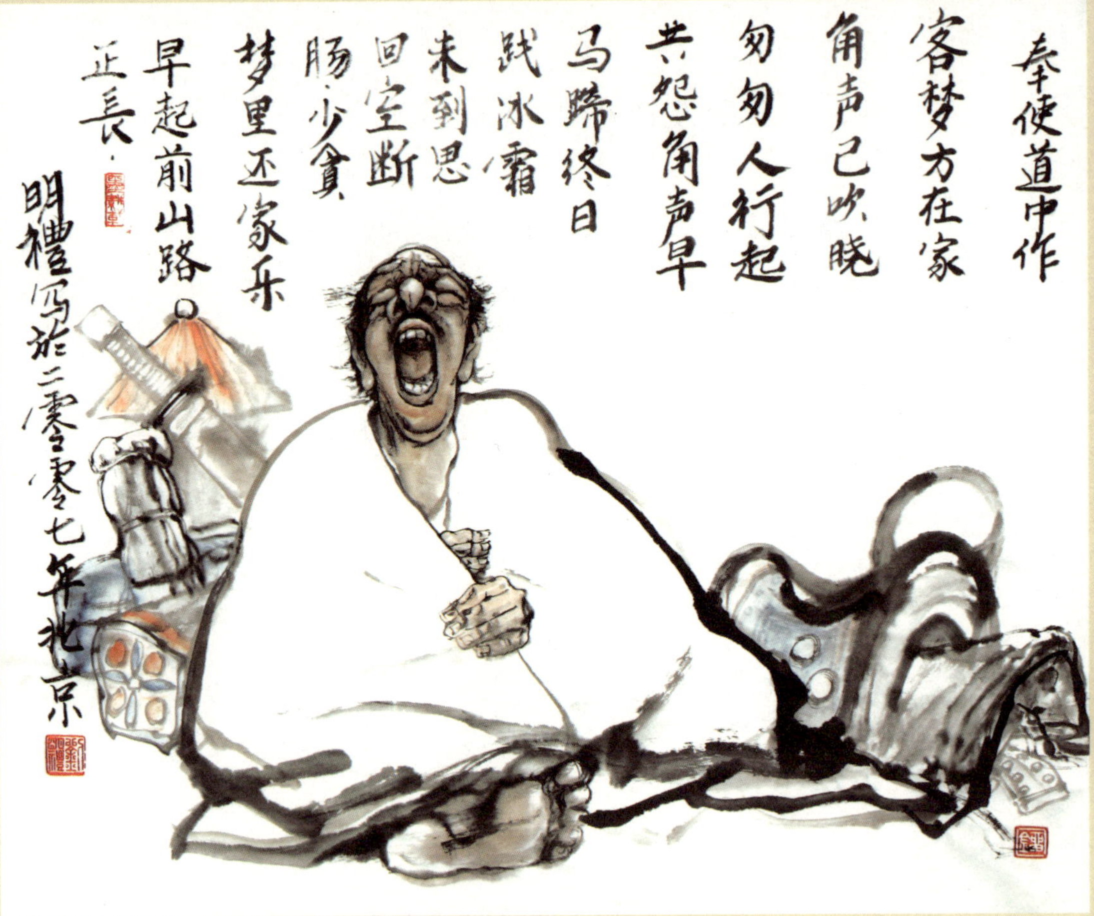

奉使道中作（其三） 诗意图 刘明礼 绘

【句解】

客梦方在家，角声已催晓

行客还在沉睡之中做着在家中与家人团聚的梦，凌晨的角声已经吹响，催人早起。“在家”的梦境是美好的，然而旋即被无情的角声惊破。行人身在羁旅中的无奈，由此而见。“角”，古代军中吹奏乐器，声音高亢激厉，作用类似于后世的军号；欧阳修这次出使随从众多，所以有角声为号。

匆匆行人起，共怨角声早

出使的人马匆匆起床，都埋怨这角声响得太早。联系上两句可知，“行人”对角声抱怨，不仅是因为角声过早吹响，更是因为角声惊破了他们“方在家”的好梦。唐代金昌绪《春怨》诗：“打起黄莺儿，莫教枝上啼。啼时惊妾梦，不得到辽西。”和本诗相比，虽然主人公一为闺中思妇，一为远道行人，但梦境中的欢乐被惊醒的“怨”则是相同的。

马蹄终日践冰霜，未到思回空断肠

出使行列的马蹄，终日踏着北方已结冰霜的土地。现在还没有到回途的时候，不要老是想着回家吧，不然，也只是徒然增加伤感而已。这是作者勉励随行人员的话。欧阳修这次出使，八月份出发，十二月末到达契丹，第二年二月回宋。往返都是秋冬季节，生长南方、任官中原的欧阳修见识了北方地区的苦寒天气。作于同时的《马啮雪》具体描写了这次行程的艰苦：“马饥啮雪渴饮冰，北风卷地来峥嵘。马悲踟躇人不行，日暮途远千山横。”“未到”句，既是作者对随行人员的安慰，又何尝不是对自己郁怀的勉强开释。“马蹄”句，既是途中艰苦行路的写实，又暗用了《庄子·马蹄》“马蹄可以践霜雪”的成句。欧阳修推崇韩愈的诗歌，但是并不取韩愈诗诘屈聱牙的一面，而取其平易近人的一面。用典方面也是这样。他很少用生僻的、古奥的典故，他诗中典故的使用安排，经常是在半隐半显之间。这样，读者即使不明白所用的典故，也不影响对诗歌原意的理解。“马蹄”句就是这样的一个例子。这种风格，对稍晚的王安石也有影响。

少贪梦里还家乐，早起前山路正长

末两句进一步勉励随从人员：不要贪图梦中回家的快乐，还是好好赶路吧。清晨踏上征途，前面山路漫漫，还长着呢；你们还是打起精神，继续努力前行吧。言外之意，前路既长，那么在前方的旅途中，对宋地家乡的思念也将更浓。

评解

古代因为客观条件的限制，出门旅行尤其是长途旅行，往往伴随着许多艰难险阻。因此，羁旅之悲成为中国古典文学中一个悠久的主题。欧阳修这次出使契丹，虽然贵为皇家使者，带有大批随从，但是长途漫漫，遭遇的又是一生中未曾见过的北方的寒冬，途中一行人的心中还是充满愁绪的。然而这次出使，关系到宋朝和契丹的外交关系。作为出使队伍的首领，欧阳修肩负着国家的重任。他虽然和随从人员一样思念家乡家人，但又不得不负起领导者的责任，努力振奋精神，鼓舞激励同样思乡的从行人员。全诗虽写思乡之苦，格调并不显得低沉。

赠王介甫

翰林风月三千首，
吏部文章二百年。
老去自怜心尚在，
后来谁与子争先。
朱门歌舞争新态，
绿绮尘埃试拂弦。
常恨闻名不相识，
相逢樽酒盍留连。

题解

本诗作于宋仁宗至和三年（1056）。王介甫，即王安石，字介甫，号半山，北宋著名政治家、文学家。神宗熙宁后官至宰相，主持变法。早在庆历六年，欧阳修谪授滁州时，曾巩专门到滁州向他学习古文，并带来了同乡好友王安石的诗文。欧阳修读了王安石的诗文，赞叹不已，认为“此人文字可惊，世所无有”。但王安石性格耿介，不愿主动去拜访欧阳修。直到至和三年，二人才在京师见面。当时王安石只是一个群牧判官，然而欧阳修慧眼识人，初次与他相见，就对他极为赞赏，写下这首诗相赠。诗中高度评价了王安石的文学才华和政治才能，并且对他寄予厚望。

赠王介甫 诗意图 王赫赫 绘

【句 解】

翰林风月三千首，吏部文章二百年

这两句将王安石和前朝的名人李白、韩愈相提并论，认为王安石有着李白和韩愈那样的文学才华。“翰林”，指李白，李白在天宝初年曾经当过供奉翰林，故后人称为李翰林；“风月三千首”，指李白的诗歌创作成就，唐代郑谷《读太白集》诗中称美李白诗，说读其诗是“高吟大醉三千首”。“吏部”，指韩愈，韩愈曾做过吏部侍郎，故而被后人称为韩吏部；“文章二百年”，指韩愈的文学创作成就。韩愈是唐代古文革新运动的领袖人物，其生活年代距北宋欧阳修、王安石的时代约二百年。又一种说法是，二百年指唐代历史的长度，晚唐孙樵《与高锡望书》曾云：“唐朝以文索士，二百年间，作者数十辈，独高韩吏部。”这两句诗，分别以作品的数量和作品流传的时间，代表李白和韩愈所取得的文学成就，具有高度概括性。用前人典故，亦隐化无痕。李白和韩愈是欧阳修平生非常推崇、并在文学创作中学习模仿的对象。这里将王安石与此二人并提，一番爱才倾慕的心情跃然纸上。

老去自怜心尚在，后来谁与子争先

上句写自身。作者感慨自己已经渐渐老去，然而他又表示，他努力为国家发现优秀人才的良苦用心，并没有因为衰老而消失。下句写对王安石的殷切期待：在未来的后起之秀中，谁还能够和你一较短长呢？

朱门歌舞争新态，绿绮尘埃试拂弦

豪门贵族流连歌舞，都爱争着欣赏新编的歌曲和舞蹈。而高人雅士却更喜爱古雅的古琴，仔细拂去古琴上的尘埃，试调琴弦，弹奏一曲。琴是一种文人化的乐器，往往被文人士大夫用来寄托情志。而抚古琴、弹古调这个意象，在诗歌中也常常成为诗人抒情的象征，比如唐刘长卿《弹琴》：“古调虽自爱，今人多不弹。”“绿绮”，古琴名，相传是汉代梁王赠给著名文人司马相如的名琴，后来成为古琴的代称。

常恨闻名不相识，相逢樽酒盍留连

这两句是说：我早已听到你的文名，只恨无缘相识。如今在汴京相逢，当把酒欢宴，好好畅谈。庆历六年欧阳修在滁州读到王安石诗文时，就赞叹不已；但一直到本年两人才在汴京会面，所以称“常恨闻名不相识”。上句写未见之先，便已如此渴慕；下句则写既见之后，更是倾心，愿意把酒长

谈。作者对王安石的盛情厚意，跃然纸上。“盍”，何不。

评解

欧阳修是一位乐于援引人才的文坛领袖，尤其乐于奖掖后辈。比他年长的梅尧臣和比他小一些的苏舜钦，都受到他的大力褒扬。而眉山苏洵、苏轼、苏辙父子三人，包拯、吕公著等宋代名臣，都是因为欧阳修的大力推荐而得以进身入仕的。欧阳修和王安石私交密切。在这次赠诗之后，欧阳修在《再论水灾状》里推荐了包拯、吕公著、王安石等人。从嘉祐元年起，他又多次向朝廷举荐王安石，称他“论议通明，兼有时才之用，所谓无施不可者”，认为可以委以重任。王安石收到欧阳修的这首赠诗后，也作诗答谢：“欲传道义心尤在，强学文章力已穷。他日若能窥孟子，终身何敢望韩公！抠衣最出诸生后，倒屣尝倾广座中。只恐虚名因此得，嘉篇为祝岂宜蒙。”（《奉酬永叔见赠》）

王安石任宰相后，在宋神宗的支持下，大力推行新法。欧阳修虽然也主张政治变革，但是对变法持稳重态度，并不完全认可王安石的做法。他晚年曾建议停止青苗法，后人遂称王安石和欧阳修有嫌隙。其实王安石虽然政治主张和欧阳修有所不同，但是对于欧阳修本人是终身敬重的。欧阳修去世后，王安石写下深情的《祭欧阳文忠公文》，称欧阳修“果敢之气，刚正之节，至晚而不衰”。应该说，王安石不愧是欧阳修的知己。而后代有人称王安石高傲狂妄，欧阳修比之韩愈，王尚不满意，以孟子自诩（宋叶梦得《避暑录话》），这就有曲解之嫌了。清蔡上祥《王荆公年谱考略》对此有详细的批驳。

本诗开篇就高度赞扬王安石的才华，接着写自己已老而王安石风势正足。一以回顾，一以展望，俨然有前辈文坛盟主对后辈才人以盟主之位相许之意。“朱门”两句，写真正的才华不被一般权贵所赏识，惟有真正的知音能够欣赏。末两句写未见相思甚切，既见则欢欣长谈，收结稳重而情意悠长。

再和明妃曲

汉宫有佳人，天子初未识。
一朝随汉使，远嫁单于国。
绝色天下无，一失难再得，
虽能杀画工，于事竟何益？
耳目所及尚如此，万里安能制夷狄！
汉计诚已拙，女色难自夸。
明妃去时泪，洒向枝上花。
狂风日暮起，飘泊落谁家。
红颜胜人多薄命，莫怨春风当自嗟。

题解

此诗作于仁宗嘉祐四年（1059），当时欧阳修在汴京任职。明妃，即王昭君，西晋时为了避晋文王司马昭的讳，改称昭君为明妃。是年，王安石写了《明妃曲》二首，为历史上的昭君和番事件作翻案文章。欧阳修、梅尧臣、司马光、刘敞、曾巩等都有和作。欧阳修的和诗也有两首，这里选的是第二首。本诗立意新警深刻，是作者以议论为诗的代表作。

再和明妃曲 诗意图　赵晨 绘

【句解】

汉宫有佳人，天子初未识。一朝随汉使，远嫁单于国

诗歌开头简叙昭君故事。汉宫中的这位佳人，不被天子所赏识。于是她决定自请和番，随着汉家的使者，远嫁到了匈奴。“单于”，匈奴语中对王者的称谓。王昭君嫁给匈奴呼韩邪单于，呼韩邪单于死后，又按匈奴习俗，嫁给呼韩邪单于的儿子雕陶莫皋单于。这样一位深宫中美貌的佳人，本来应该为君王所宠爱，但昭君却连天子的面都见不到，只能远嫁异方他族。这几句诗叙事极其简练，其中又暗寓褒贬，隐含着诗人为昭君命运感到的不平。

绝色天下无，一失难再得。虽能杀画工，于事竟何益

昭君这样的绝色美人天下罕见，一旦失去，再难以重新得到。即使汉元帝杀了画工毛延寿等人，又于事态有什么补益？据后人记载，毛延寿玩弄诡计，使得昭君不能见赏于天子。在后人笔下，毛延寿往往作为一个奸邪的形象出现，被认为是造成昭君远嫁悲剧的罪魁。毛延寿被杀，常被认为是奸人罪有应得的下场。但欧阳修认为，即使杀了毛延寿，昭君已经远嫁，依然于事无补。王安石的《明妃曲》说“意态由来画不成，当时枉杀毛延寿”，是为毛延寿抱不平。欧阳修这里却指出汉元帝此举的无谓和可笑，立意又高了一层。

耳目所及尚如此，万里安能制夷狄！汉计诚已拙，女色难自夸

这几句纯是议论，是全诗的中心。后宫本是天子耳目所及的地方，昭君却遭受了这样的冤屈。汉天子是这样的昏聩无能，怎么能制服万里之外的夷狄！汉朝没有更好的良策来处理和匈奴的关系，只好靠和亲这样的办法，以牺牲一个女子的幸福来换取和平，又有什么颜面来夸耀汉家女子之美呢？“夷狄”，古时为历史所限，对少数民族带有污蔑性的称呼，这里指匈奴。

“耳目”两句实际上是借题发挥，跳出昭君的哀怨，将尖锐的批判矛头直指造成昭君悲剧的真正决定性人物汉元帝。因为有前面几句叙述的铺垫，这里的翻案之笔显得并不突兀，相反，却因其议论的深刻精警，令读者回味无穷。宋诗有别于唐诗的一大特征是长于议论，本诗可谓典型。但后代也有些人一切以唐诗为范本，认为宋诗中这样的议论方式不可取。如明代的谢榛在《四溟诗话》卷三中，就讽刺这几句是“书生讲章”。这样的文艺观未免狭隘。殊不知以议论入诗，长于理趣，正是宋诗的一大特色。“汉计”句，实际上是借批评汉代对外和亲政策的不高明，暗寓对宋王朝当时对外政策的批判。

明妃去时泪，洒向枝上花。狂风日暮起，飘泊落谁家

这几句又转为描写和抒情。昭君离开汉宫时，悲伤的泪水滴落在花瓣上。黄昏时节，狂风骤起，落花飘零。这洒有昭君泪水的花朵，又会漂泊到什么地方去呢？美人和花在文学中总是互为象征的。作者此处以汉宫落花来比喻昭君，那样的美丽，命运却不能自主。等待美人和落花的，都是漂泊不可知的命运。

红颜胜人多薄命，莫怨春风当自嗟

末尾两句抒情中带有议论，仿佛是对昭君的劝慰：古往今来，著名的美人大多薄命；你就不要对着春风叹息自己的不幸了吧。历史上的红颜多不幸薄命，才士又何尝不是多遭磨难？这里也带有诗人对自己际遇的感叹。

评解

昭君出塞是古典诗歌中著名的题材之一。古往今来，以此为题的文学作品数不胜数。唐代的李白、杜甫、白居易等大诗人都有咏昭君的诗篇。面对这样前人已经一再写过，并且已有许多优秀作品的题材，后代诗人如何从旧题中翻出新意呢？而王安石和欧阳修都做到了这一点。王安石的《明妃曲》掀翻旧说，大唱反调。欧阳修则别取蹊径，立意极高。他以议论笔法入诗，但笔墨重点不是写昭君的伤感哀怨，而是批评统治者无能，不能治国安邦，认为这才是造成千千万万和昭君一样的红颜悲剧命运的真正原因。这样的议论，远高出一般人的见解。欧阳修本人将此诗视为平生的得意之作。据宋人胡仔《苕溪渔隐丛话》记载，他曾经非常自信地称本诗是“太白（李白）不能为，惟杜子美（杜甫）能之”。

忆滁州幽谷

滁南幽谷抱千峰，
高下山花远近红。
当日辛勤皆手植，
而今开落任春风。
主人不觉悲华发，
野老犹能说醉翁。
谁与援琴亲写取，
夜泉声在翠微中。

题解

本诗作于仁宗嘉祐、英宗治平年间，是作者在汴京任职时所作忆滁诗之一，表现了对庆历年间知滁州生涯的深情怀念。

忆滁州幽谷 诗意图　董家良 绘

【句 解】

滁南幽谷抱千峰，高下山花远近红

诗的开头介绍幽谷的方位和它四周的环境，语言极其精简。“抱”字写幽谷在群山之中的地理环境，非常形象。幽谷是欧阳修滁州诗文中反复出现的名胜。关于幽谷如何被发现，有一段有趣的记载。据宋吕本中《紫薇杂记》中说，庆历六年的一个夏天，欧阳修在官舍接见同僚。因为有人送来新茶，欧阳修就派小吏去醉翁亭东南隅的醴泉汲水烹茶。小吏路上摔跤，洒了醴泉水，因为偷懒，不想再跑到比较远的醴泉去，就近汲了幽谷泉水回来。欧阳修品茶后，觉得水味很好，但觉得不是醴泉水。他追问汲水的小吏，得知真情后，饶有趣味地带着朋友一起前往。结果发现，这里的风景，是“其上丰山耸然而特立，下则幽谷窈然而深藏，中有清泉，滃然而出”。面对这样秀丽的自然景观，欧阳修很高兴。他令人引泉为池，凿石辟地，建亭其中，就是著名的丰乐亭。

第二句说幽谷中花卉之美。花卉高低错落，远近相映，点缀谷中。欧阳修发现幽谷的自然风景之美后，特意加以人工经营，使得幽谷的景色更加秀丽。庆历六年冬，他在滁州作《谢判官幽谷种花》：“浅深红白宜相间，先后仍须次第栽。我欲四时携酒去，莫教一日不花开。”据《西清诗话》记载，欧阳修在幽谷建亭，让一个姓谢的判官于亭前种花。谢判官请示如何种，欧阳修就写了这首诗作为回答。可见欧阳修对幽谷中一草一木的高低位置，都了然于胸。

当日辛勤皆手植，而今开落任春风

上句回忆辛劳经营幽谷的往事。幽谷中的草木花卉，很多都是诗人当年亲手种植的。庆历八年，欧阳修在扬州作第一首“忆滁诗”《答谢判官独游幽谷见寄》，其中说“应怜手种树荫成”。可见诗人毫无官长架子，确曾在幽谷中亲自种植过不少花草树木。

下句是遥想如今幽谷的风景：当年亲手种植的花木，如今该是在春风中自在地花开花谢吧。人生于天地间，不能无情。曾有关系的种种客观事物，尤其能牵动人心。欧阳修对于幽谷中当年精心栽培的花卉，自然也不能无情，在回忆中特地重点提起。但他并不一味陷于对往事的伤感。一个“任”字，显出作者不为外物所拘、洒脱旷达的心境。

主人不觉悲华发，野老犹能说醉翁

这里开始由景物写到景中人。当年发现幽谷的主人，而今已经在不知不觉之间，满头白发，并因此而感到悲伤。“主人”，欧阳修自称；“华发”，白发。欧阳修头发早白，三十岁时即已出现白发，常常在诗文中以感慨白发来惋惜时光的飞逝。滁州百姓中的老人，还有很多人记得当年的那位太守醉翁，能谈论他的往事。欧阳修在滁州时，实行与民同乐的政策。所谓“夫宣上恩德，以与民共乐，刺史之事也”（《丰乐亭记》）。他当时身为地方最高长官，却愿意和普通百姓一样，徜徉于幽谷的自然美景之间。他希望滁州的“野老”们殷勤不忘的，是身为“醉翁”的欧阳修，而非知州欧阳修。醉翁之名，许多年后尚传说于滁州野老之口，则欧阳修滁州任上官民之间雍雍熙熙的景象，可想象而知。

谁与援琴亲写取，夜泉声在翠微中

诗末以对幽谷泉的怀念作结：谁能替我抚一曲瑶琴，作一支新曲，写出当年夜间所听到的石上流泉的声音呢？欧阳修非常喜爱幽谷泉，在庆历七年春作于滁州的《幽谷泉》中说：“生长饮泉甘，荫泉栽美木。潺湲无春冬，日夜响山曲。”又说：“顾我应可怪，每来听不足。”可见他当年对幽谷泉声的迷恋。今日身在汴京，想再听到幽谷夜泉的声音，已不可能。所以作者展开奇特的想象，希望善琴的友人，能用琴声让他重温群山重叠中泉水的淙淙声响。换句话说，是让琴曲模拟滁州幽谷中的泉水，在琴声中展现深夜泉水淙淙流动的美妙声音。历来诗人描写乐器演奏时，常用水流声比喻乐声，如唐白居易《琵琶行》“幽咽泉流冰下滩”。这里欧阳修反用其意，以琴声的幽静清雅来描绘幽谷泉声之美，可谓别出心裁。“与”，“替我”的略写；“援琴”，抚琴；“写”，作曲；“取”，语助词。“翠微”，青绿的山色，代指青山。

评解

幽谷是给欧阳修留下深刻印象的滁州景物。他离开滁州后所写的一系列“思滁诗”中，以幽谷为题的有《答谢判官独游幽谷见寄》和本诗两首。在本诗中，对滁州美好景色的回忆，对当初情景的回味，悲华发的感慨，野老念醉翁的厚意，熔为一炉。全诗写得颇耐人咀嚼。

秋怀

节物岂不好，秋怀何黯然？
西风酒旗市，细雨菊花天。
感身悲双鬓，包羞食万钱。
鹿车何日驾？归去颍东田。

题解

本诗作于宋英宗治平二年（1065）秋，欧阳修当时在汴京任参知政事，已经五十九岁。从上一年起，他屡次上书请求外任或致仕，都未获得批准。本年十一月，进光禄大夫，加上柱国，食邑五百户。他渴望尽快挂冠，回归颍上田园，过上自由的归隐生活。这是欧阳修晚年作品的重要主题。

秋怀 诗意图　陈红 绘

【句 解】

节物岂不好，秋怀何黯然

这两句的意思是：秋天的风物难道不好么，可是我的情怀为什么那样黯然感伤？秋天是草木凋零的季节，秋天的肃杀之气，往往引起文人墨客的秋愁。战国宋玉《九辩》云“悲哉，秋之为气也”，开启了中国古典文学中的悲秋主题。以后的诗歌史中，以“秋怀”、“秋兴”、“感秋”为题的作品历代不绝。写这首诗时，欧阳修已年近花甲，在人生的路途中，也可说是走到了深秋时节。他历经宦海几度浮沉，可谓熟谙世间情味。秋季天高气爽，农稼登场，风景是美丽的。作者并不是不知道秋季风光明媚，然而这并不能改变他黯然的心境。这里用一个反问句式，道出了“节物大好”的外部世界和诗人“黯然”的内心世界的反差，引起下文。

西风酒旗市，细雨菊花天

这两句承接首联，具体写秋季的“节物”。市上的酒家挑出一杆酒旗，在西风中飘拂；纷纷细雨的天气，菊花开放。这两句是欧诗中为人所称赏的名句。宋人《雪浪斋日记》云：“或疑六一诗，以为未尽妙，以质于子和。子和曰：‘六一诗只欲平易耳。如“西风酒旗市，细雨菊花天”，岂不佳？’”这两句的好处在于不用虚词，不用动词，而只用六个名词罗列组成。这样的组合方式，因为所用名词引起的丰富联想，仿佛能在读者眼前自动展开一幅富有动态的风景画面。而其留白处，更能引得读者浮想联翩：酒旗飘拂的小酒店中，诗人是不是在据案饮酒，感怀秋风的萧瑟？秋雨蒙蒙的庭院中，赏菊的诗人，又该有多少感慨？

感身悲双鬓，包羞食万钱

这两句亦承接首联，具体说明“秋怀黯然”的原因。诗人感怀身世，想到双鬓已经斑白，年岁渐老，不由得感到悲哀。身为朝廷官员，作者此时官高位尊，享受优厚的俸禄。但是他感到自己未曾为国家作出太多的贡献，面对这样的俸禄，感到羞愧。“悲双鬓”，因为双鬓出现白发而感到悲哀；“包羞”，含羞，感到羞愧，语出《易·否》：“包羞，位不当也。”这里是说空在其位享受俸禄而感到羞愧。“食万钱”，《晋书·何曾传》记载，何曾生活豪奢，“日食万钱，犹曰无下箸处”。

鹿车何日驾？归去颍东田

这两句表达了对隐退生活的向往：什么时候能驾着隐者的小小鹿车，回到颍州，过上田园生活呢？欧阳修在诗文中一再表示了对颍州的怀念。他自称的“思颍诗”就多达三十首，实际上他写颍州的作品数量远远超过此数。本篇是其“思颍诗”中的名作。几年之后，即神宗熙宁四年（1071）年六月，欧阳修的辞官要求终于获得朝廷批准，正式退休。七月份，他回到向往已久的颍州，在湖光山色中颐养天年，过上了一生中渴望已久的田园生活，并在这里度过了人生的最后阶段。“鹿车”，有两种出典，一是《后汉书·列女传》中《鲍宣妻传》：“（鲍宣妻）与宣共挽鹿车归乡里。”一是佛教典故，《法华经·譬喻品》：“乐独善寂深知诸法因缘，是名辟支佛乘，如彼诸子为求鹿车出于火宅。”因为鹿是山野中的动物，不喜接近尘俗，以鹿车为喻，取其清净之意，后来鹿车便有了隐者之车的含义。

评 解

欧阳修诗长于古体，尤其是七古，而律绝等近体诗则稍逊一筹。近体之中，又以五律成就最低，这也是无需为前人讳的。现存的欧阳修诗集中，五律大多是他早年的作品，显得贫弱。但这个缺点在欧阳修晚年的作品中得到了改善，本诗即其五律中的佳作。全诗以大好秋光和自己黯淡的心境相对照。诗人感觉年事已高，空居高位而于国事无补，抒发了想归隐田园的心情。全诗中对国事的关心感慨和对隐居生活的向往，复杂地交织在一起，语言简洁直白而感情深厚。“西风”一联纯用白描，画面清丽，尤其受到后人的称赞。

玉楼春

樽前拟把归期说，
未语春容先惨咽。
人生自是有情痴，
此恨不关风与月。

离歌且莫翻新阕，
一曲能教肠寸结。
直须看尽洛阳花，
始共春风容易别。

题解

仁宗景祐元年（1034），欧阳修西京（今河南洛阳）留守推官一职任满。这是他在离开洛阳时所作表示离愁的词。

玉楼春（樽前拟把归期说）词意图 王赫赫 绘

【句 解】

樽前拟把归期说，未语春容先惨咽

词作的开始，便被别离的忧伤所笼罩。在离别的酒宴上，主人公举起酒杯，预备告诉对方离开洛阳的日期。这个听者是谁？很可能是作者的朋友。欧阳修在洛阳任留守推官期间，交游一时俊才，积极推进诗文革新运动。当时钱惟演任西京留守，在他身边，聚集了尹洙、梅尧臣、欧阳修等名士。欧阳修在《书怀感事寄梅圣俞》一诗中，深情回忆当时“幕府足文士，相公方好贤”的盛状。这个听者也有可能是酒席上侍酒的歌妓。把宴乐风流、男女相思这样的内容放在词里，而不写在诗里，是北宋士大夫文人的普遍风气，所谓“词为艳科”。“拟”而未“说”，犹豫吞吐间，不忍分别的感情自然流露，十分动人。

“春容”可以理解为听者。作者虽然未说出离别的具体日期，但听者已经知晓他将要出口的话，他（或她）的面上不由得惨然变色，说不出别后珍重的话来。“春容”也可以理解为作者自己。他一再迟疑，将要说出离开洛阳的日期，可是离别的伤感使他喉头哽咽，无法再说下去。这里写离情，由内在的心理活动写到外部的神情表露，细致入微。欲说不说的曲折间，真情动人。

人生自是有情痴，此恨不关风与月

人非木石，孰能无情？《世说新语》中王戎说：“圣人忘情，最下不及情。情之所钟，正在我辈。”圣人超越了普通人的情感，麻木的人不能领受情感。但更多的人却是性情中人。一个“情”字，涵义可谓广泛：亲情，爱情，友情，民族情……这里作者不能忘掉的“情痴”，不仅仅是在洛阳三年间领略的清风明月，不仅仅是和西京文士的文章交游，也不仅是属于青春的恋爱，而是一种更为复杂深广的对一切美好事物的人生体验。如今一旦与这段生活告别，自然百感交集。“风月”，通常指男女情感，这里也可据其本意，指自然风景。

离歌且莫翻新阕，一曲能教肠寸结

这两句是作者嘱咐筵席上歌者的话：不要再演奏别离的新曲了，因为这样的音乐已经让我倍感伤怀，柔肠千结。“翻”，演唱，演奏；“新阕”，即新曲，一曲终了称为一阕。“肠寸结”，形容非常悲伤，五代韦庄《应天长》词："别来半岁音书绝，一寸离肠千万结。"宋张先《千秋岁》词也说"心似双丝网，中有千千结"。

直须看尽洛阳花，始共春风容易别

这两句作者笔锋一转，鼓起豪兴，以冲淡上文分别的无限悲伤：必定要看尽这洛阳驰名天下的牡丹花，才和洛阳的春天告别！洛阳以牡丹著称，欧阳修对洛阳牡丹的热爱，已见前《戏答元珍》诗的注释。"直须"、"始共"，文气于流畅转换中显得刚健有力。伤感而并不陷于低沉，这是欧阳修词异于以柔媚为主的五代词风的一大特色。

评解

抒写离愁别绪，是宋词的重要主题之一。而离别之际，人更容易陷入感伤。是在感伤中沉溺，还是在感伤中奋起，积极地享受人生的美好？在这首词中，作者将忧伤转为豪放的兴致。近代王国维《人间词话》说："永叔'人生自是有情痴，此恨不关风与月'，'直须看尽洛阳花，始共春风容易别'，于豪放之中有沉着之致，所以尤高。"所谓"沉着"，即指此而言。欧阳修的词学习五代花间词派，却抛弃了花间词的一味柔媚，而有清刚之气。这首词即其词风转变的代表之作。

玉楼春

别后不知君远近，
触目凄凉多少闷。
渐行渐远渐无书，
水阔鱼沉何处问。

夜深风竹敲秋韵，
万叶千声皆是恨。
故欹单枕梦中寻，
梦又不成灯又烬。

题解

这首词写一位闺中思妇对远人的怀念，对思妇的心情和所处环境刻画细致。

玉楼春（别后不知君远近）词意图　陈谋　绘

【句解】

别后不知君远近，触目凄凉多少闷

分别后，那位远行的人并没有寄来他的消息，他走到什么地方了呢？唐代的李白思念远方的朋友，还可以“我寄愁心与明月，随风直到夜郎西”（《闻王昌龄左迁龙标遥有此寄》），但这位思妇连远人到了什么地方都不知道，空有满腹相思，也无处可寄。眼前景即心中情。思妇既然满怀着凄凉，那么眼中所见到的景色，也似乎都蒙上一层感伤的色彩。观看景致不仅不能遣怀，反而更使她增加了几分烦闷。其实读者明白，“闷”的真正原因，不是来自“触目凄凉”，而是源于上句的“别后不知君远近”。

渐行渐远渐无书，水阔鱼沉何处问

刚刚分别的时候，这位远行的人还有书信寄来。可是渐渐地，随着他离开的时间越来越长，路途越来越越远，书信也逐渐稀疏，直到最后完全失去音讯。长路漫漫，这思妇所思念的人又行走在哪一片天空下？对于思妇来说，这问题完全没有答案。她内心的愁苦，也无计释解。“鱼沉”，指无法寄达书信。古人诗词中常称书信为鱼书，典出古诗《饮马长城窟行》：“客从远方来，遗我双鲤鱼。呼儿烹鲤鱼，中有尺素书。”“水阔鱼沉”，一方面是说没有书信，一方面也暗含江湖漫漫，远人不知何处之意，语意双关。宋人晏殊《寓意》诗：“鱼书欲寄何由达，水远山长处处同。”也许即是欧阳修这句词所本。但是晏诗语调不及欧词柔婉。

夜深风竹敲秋韵，万叶千声皆是恨

夜深了，风吹着窗外翠竹的枝叶，淅淅不已。在思妇听来，这一声声都似乎是在代她诉说着心中的愁怨。古典诗歌理论有“移情”一说，指人将主观的情感投射到客观的事物上去。这两句词就是移情的范例。秋风吹竹，本来是属于自然界的客观声响。但由于思妇胸中怀人的愁思，这种客观的声响进入她的听觉后，就仿佛在叙说着她的离恨。而夜深犹闻风吹竹声，且一声声听得如此分明，说明思妇长夜无眠。无眠的原因，自然是对那位不知何处的远人的思念。

故敧单枕梦中寻，梦又不成灯又烬。

“敧”，斜，这里是指斜靠；“单枕”，单人枕头，暗示思妇的孤单。现实中见不到朝思暮想的远人，惟有向梦中去寻觅，以求在虚幻中能得到片刻的团聚。然而这唯一的一点希望也破灭了，因为窗外的风声、竹声搅碎了她的梦境。她惘然醒来，发现床前的一盏灯也已熄灭。她陷入无尽的黑暗之中，也陷入无尽的绝望之中。梦中寻人而不得，并不是欧阳修的发明。唐金昌绪《春怨》："打起黄莺儿，莫教枝上啼。啼时惊妾梦，不得到辽西。"构思与这首词相同。但是金昌绪的诗毕竟还有黄莺鸣叫的春光作为背景，女主人公的口吻带着娇憨的意味。而欧词通过秋夜风声、夜深灯烬这层层铺垫，使得画面渐渐陷入一片黑暗，思妇已无法挣脱离恨的笼罩。

评 解

这首词写闺中别恨，层次极其清晰。时间顺序上，从日间的"满目凄凉"写到夜晚的风声竹声，又写到夜深梦不成，醒来灯灭。情感顺序上，从没有书信的"多少闷"，进而写到夜闻风吹竹响的"皆是恨"，进而写到连梦中寻觅也不可得。离情别恨，层层转深。

朝中措

送刘仲原甫出守淮扬

平山栏槛倚晴空，山色有无中。
手种堂前垂柳，别来几度春风。

文章太守，挥毫万字，一饮千钟。
行乐直须年少，樽前看取衰翁。

题解

刘仲原甫，指欧阳修的朋友刘敞，字原父（甫），临江军新喻（今江西新余）人。仁宗至和二年（1055），刘敞亦出使契丹，第二年回宋后，即授任扬州知州。欧阳修在庆历八年（1048）曾任过扬州知州一职，故写此词为刘敞送行。

朝中措（平山栏槛倚晴空） 词意图 董家良 绘

【句 解】

平山栏槛倚晴空，山色有无中

平山堂的栏杆，下临晴朗的天空。“平山”，即平山堂，是欧阳修知扬州时所修建的，位于扬州城西北的蜀冈上。因为江南诸山拱揖槛前，若可攀跻，故而命名为平山堂。欧阳修在寄给友人、前任扬州知州韩稚圭的信中说：“平山堂占胜蜀冈，一目千里。”（《欧阳修集》书简卷第一），可见堂前视野之开阔。

在平山堂倚栏远眺，只见山色若隐若现，似有还无。关于这句词中所写的山色，还有一段有趣的公案。宋人严有翼《艺苑雌黄》中说：“平山堂望江左诸山甚近，或以谓永叔短视，故云‘山色有无中’。东坡笑之，因赋《水调歌头·快哉亭》：‘长记平山堂上，敧枕江南烟雨，渺渺没孤鸿。认得醉翁语，山色有无中。’盖山色有无中，非烟雨不能然也。”其实上一句已经明说是“倚晴空”的晴朗天气，和苏轼词中的烟雨江南是两种不同的风景。晴天在平山堂上远眺，视野能达到数百里，不存在烟雨迷蒙的问题。不过，江南的山一般不高而层层叠叠，近者清晰而远者朦胧，这或许才是欧词“有无中”的原意。

手种堂前垂柳，别来几度春风

这一句既是用典，又是写实。宋张邦基《墨庄漫录》卷二记载：“平山堂前，欧阳文忠手植柳一株，人谓之欧公柳。”欧阳修回想起自己当年出任扬州的往事，修建平山堂，亲手植柳，已经快十年了。时光流逝，当年手植的垂柳现在如何了呢？这个问句，问得深情，表达了对昔日扬州生涯的深切缅怀。杨柳也许是最容易勾起时光流逝之感的树木。《世说新语》中记载，东晋名将桓温，初为琅琊内史，后因军功擢迁为征西大将军。桓温北伐时路经金城，看到自己当年种下的柳树“皆已十围”，于是慨然泣下，曰：“木犹如此，人何以堪！”人和树木都敌不过自然的变迁，树木无情，人却会因此伤感。但欧阳修却对时光的飞逝表现得淡定而从容。

文章太守，挥毫万字，一饮千钟

这是对刘敞的殷勤赠语。作为前辈和前任，欧阳修在赠别时一反惯例，并不讲那些要勤政爱民的套话。他鼓励刘敞在到任后，不要忘了领略扬州的美景，痛饮美酒，挥毫作文，一展自己的豪情和雄才！“文章太守”，指刘敞，他是宋仁宗庆历六年（1046）进士，博学多才，能诗善文。

其实这几句也可看成是欧阳修的夫子自道。据宋人叶梦得《避暑录话》："欧阳文忠知扬州，建平山堂，壮丽为淮南第一。每暑时，辄携客往游，遣人至邵伯取荷花千余朵，以画盆分插百许盆，与客相间。遇酒行即遣妓取一花传客，以次摘其叶尽处，则饮酒。往往侵夜，载月而归。"如此诗酒风流，传为佳话。欧阳修本人对于在扬州时的生活也是不能忘怀的。他于皇祐元年（1049）所作的《答通判吕太傅》诗中，便曾深情地回忆当年在平山堂上"一饮千钟"的豪兴："千里芙蕖盖水平（自注：邵伯荷花，四望极目），扬州太守旧多情。画盆围处花光合（自注：予尝采莲千朵，插以画盆，围绕座席），红袖传来酒令行（自注：又尝命坐客传花，人摘一叶，叶尽处饮，以为酒令）。舞踏落晖留醉客，歌迟檀板换新声。如今寂寞西湖上，雨后无人看落英。"

行乐直须年少，樽前看取衰翁

这两句是对刘敞的劝告：要享受人生的欢乐，还要趁着青春年少啊。不然，你看我现在已是个老头子，精力衰减，对着酒杯都没了兴致。这两句带有调侃的意味，风趣诙谐。欧阳修比刘敞年长十二岁，本年五十岁了，故而自居为"衰翁"。

评 解

本词上阕写对平山堂的回忆，心驰神往。下阕则劝勉友人趁着还年少，好好享受"挥毫万字，一饮千钟"的快乐生活。欧阳修的词承继晚唐五代词的传统，以相思恨别为主要题材，大多是借用女子口吻的代言词。但是他也有一部分词是以他本人为抒情主体，抒发独特的人生体验和心态，展现了宋代士大夫的潇洒风神。这是他的创新之处。后人评欧阳修词在宋词史上的影响，说他"疏俊开子瞻"。这首词正可谓欧词中"疏俊"风格的代表作。

蝶恋花

庭院深深深几许？

杨柳堆烟，帘幕无重数。

玉勒雕鞍游冶处，楼高不见章台路。

雨横风狂三月暮，

门掩黄昏，无计留春住。

泪眼问花花不语，乱红飞过秋千去。

题解

这是一首闺怨词，题材虽然没什么特别，但艺术技巧高超，富有表现力，一向被称为佳作。

这首词的作者一作五代冯延巳。但是两宋之际的李清照已经说：“欧阳公作《蝶恋花》，有‘深深深几许’之句，予酷爱之，用其语作‘庭院深深’数阕，其声即旧《临江仙》也。”（《漱玉词 · 临江仙》序）李清照的生年仅晚于欧阳修七十多年，她的说法应该是可信的。后世还有些评论者，则从词人本身的政治操守出发，分析本词的内蕴，也认定是欧阳修的作品。比如清代常州词派的周济就认为，这首词“缠绵忠笃，其文甚明，非欧公不能作。（冯）延巳小人纵欲，伪为君子，以惑其主，岂能有此至性语乎？”（《宋四家词选》）将这首伤春闺怨词作完全政治化的解读，并不能令人信服。

蝶恋花（庭院深深深几许） 词意图　赵晨 绘

【句 解】

庭院深深深几许

全篇以一个问句开始，问得无端，却又无比巧妙。这深锁的庭院，门户深邃，重重叠叠，到底有几重门户呢？读者不禁会想，居住在如此深邃庭院中的女子，和外面的世界彻底隔绝，又该是多么的寂寞！诗词中叠用两字的例子很多，本句则连用三个叠字，非常大胆，但取得了很好的艺术效果。后人对此句颇为推许。李清照“酷爱”此句，还借用来写了好几首词。明代的杨慎也很欣赏这句，特意找了另外一些连用三叠字的例子加以比照，如“夜夜夜深闻子规”，“日日日斜空醉归”等。显然，那些句例都不如欧阳修这句来得自然流畅。

杨柳堆烟，帘幕无重数

这两句进一步写女子所处的深闺与外界大好春光的隔离。绿色的杨柳，远望如一层轻盈的烟雾。用一个“堆”字写出柳色的鲜明，也点明词中所写的季节已经是柳色渐浓的晚春，不是杨柳才黄半未匀的早春时节了。这样也为下文写落花和伤春作好了铺垫。但是在这么明媚的春光中，词中的女主人公却无法去杨柳之下踏青游赏。因为她所起居的深闺，和春色之间还隔着无数的重帘和帷幕。词中一再写到女主人公和春色之间的层层障碍。通过对客观环境的描写，也暗示和渲染出了人物寂寞孤独的心境，唤起读者对这位女主人公的无限同情。

玉勒雕鞍游冶处，楼高不见章台路

这两句写出造成女主人公如此凄凉境况的原因，原来她有位薄幸的夫婿。这位夫婿衣着华贵，骑着翩翩骏马，在秦楼楚馆流连忘返，却将妻子无情地抛弃在寂寞深闺中。她思念丈夫，明知他在外寻花问柳，还是登上高楼，倚栏而望。可是，她又哪里能看见丈夫寻欢作乐的场所呢？“玉勒”，用玉装饰的马笼头；“雕鞍”，雕有花纹的马鞍。这里是用华贵的马具代指词中女子的夫婿。“章台”，本为汉代长安的一条街道的名字，是歌妓聚集的地方；后来代指妓院聚集的地方。

雨横风狂三月暮

正是三月的晚春时节，傍晚又风雨大作。女主人公本来已经陷入深深的绝望之中，何况又遇上这样的天气？“横”和“狂”，都是表现风雨的骤急。这里的风和雨，既是自然界的风雨，又是狂暴无情的丈夫的象征，暗用了《诗经·谷风》的典故："习习谷风，维风及雨。"谷风即狂风。《谷风》是一首弃妇诗，诗中女子的命运，和这首词中的女子命运同样悲惨。这样用典，了无痕迹，展示了作者高超浑成的文学技巧。

门掩黄昏，无计留春住

风雨驱走了春光，女主人公虽然对离去的春天无限留恋，可是又有什么办法留住它呢？她只能在黄昏时节的庭院里，对着闭起的院门而无限惆怅。"门掩"，和上阕的"庭院深深"、"帘幕无重数"遥相呼应，再次强调女主人公所处环境的寂寞和与世隔绝。古人珍惜春光，往往在诗词中设想能够留住春天，比如黄庭坚的《清平乐》词："春归何处？寂寞无行路。若有人知春去处，唤取归来同住。"但是欧阳修这首词中，女主人公无法挽留的不仅是春光，还有在这庭院中虚耗掉的青春年华；当然，还有那位走马章台的夫婿。对于她来说，爱情和时光都已经失去。

泪眼问花花不语，乱红飞过秋千去

寂寞深闺，唯有庭院里的花草与她相伴。她含泪问花，然而花又怎么能够回答她那些令人心酸的询问？何况已经是晚春时节，一阵风袭来，枝头的花朵便化为片片落红，飞过那无人玩耍的秋千。本词为欧阳修的名作，除上面的"庭院深深"之句外，这两句因为语言浅白而意蕴极深，也特别受人激赏。清初词人毛先舒对这两句词有详尽的剖析："词家意欲层深，语欲浑成。作词者大抵意层深者，语便刻画；语浑成者，意便肤浅。两难兼也。或欲举其似，偶拈永叔词曰：'泪眼问花花不语，乱红飞过秋千去。'此可谓层深而浑成。何也？因花而有泪，此一层意也；因泪而问花，此一层意也；花竟不语，此一层意也；不但不语，且又乱落，飞过秋千，此一层意也。人愈伤心，花愈恼人，语愈浅，而意愈入，又绝无刻画费力之迹，谓非层深而浑成耶？"（清王又华《古今词论》引）传说唐玄宗妃子杨玉环美貌而善解人意，玄宗呼之为"解语花"。本词暗用这一典故，反说花不能语，那么女主人公的满腹辛酸，最终是无处可述了。读者至此，对她更添一层同情怜惜。

评解

这首闺怨词被后人一致认为是欧词中的佳构。但对本词的主旨，一直有不同的说法。一种意见认为，欧阳修善写男女之情，闺中所写的春怨就是本词原意。另一种看法则认为，本词是借男女之情，喻君臣之遇。后一种观点以清代的张惠言为代表，他说：“‘庭院深深’，闺中既以邃远也；‘楼高不见’，哲王又不寤也；‘章台’‘游冶’，小人之径；‘雨横风狂’，政令暴急也；‘乱红飞去’，斥者非一人而已。殆为韩范作乎？”“韩范”指欧阳修政治上的盟友韩琦和范仲淹。张惠言本人是清代常州词派的代表，填词讲究寄托和寓意，所以对这首词也作政治寓言式的理解。其实在北宋词人中，欧阳修年辈较早，他对词这种文体的态度还是比较传统的，填词只是“以其余力游戏”（宋李之仪《跋吴思道小词》）而已，未必有后人分析出来的那么深的含义。

踏莎行

侯馆梅残，溪桥柳细，草薰风暖摇征辔。
离愁渐远渐无穷，迢迢不断如春水。

寸寸柔肠，盈盈粉泪，楼高莫近危栏倚。
平芜尽处是春山，行人更在春山外。

题解

这首词写征人思妇之情，词中的情感缠绵悱恻。这是欧词的代表作之一。

踏莎行（候馆梅残）词意图　王赫赫 绘

【句 解】

候馆梅残，溪桥柳细，草薰风暖摇征辔

这几句是从在外的旅人的角度，写旅途中所见到的春日景色。正是梅花将谢、杨柳刚刚发芽的春天，旅人骑在马上，暖洋洋的春风中弥漫着草木的香气。“候馆”，指旅舍。“熏”，指草木的香气，南朝江淹《别赋》：“闺中风暖，陌上草熏。”本词中“草熏”一句典出于此，暗含旅人和思妇的无奈离别。开头这几句，不仅是对春日景色的细节描绘，而且也写出了旅人的行程，从候馆出发到途中经过溪桥，富有动态。

离愁渐远渐无穷，迢迢不断如春水

这两句由景物描写转入旅人情感的抒发。离开思念的人越远，离别的愁思就越是无穷无尽，正如汩汩流淌的春水一般绵绵不断，没有尽头。用流动的春水来比喻人绵延的愁思，是非常贴切的。南唐李煜《虞美人》词：“问君能有几多愁？恰似一江春水向东流。”也是同样的思路。

寸寸柔肠，盈盈粉泪，楼高莫近危栏倚

词的下阕，抒情主体由在外的旅人换成在家的思妇。她不顾危险而登上高楼，倚栏而望，正是为了能向天际眺望得更远，企图看到天边旅人尚未走远的身影。

平芜尽处是春山，行人更在春山外

这两句是对上面“楼高”一句的承接。春草萋萋，铺向天际；地平线上是春山一抹，而旅人已经走到春山之外了。春山已经在“平芜尽处”，旅人却比春山还要遥远。思妇纵然登上高楼，也看不见旅人的身影，等待着她的，只有长久的思念和寂寞。这两句词以其凄婉缠绵和独具匠心的构思，受到后人的一致称赞。清代王士禛在他的词话《花草蒙拾》中指出，这两句词和石曼卿（石介）的诗句“水尽天不尽，人在天尽头”意思相近，但是“意近而工拙悬殊，不啻霄壤。且此等入词为本色，入诗即失古雅，可与知者道耳”。这评价是颇为中肯的。

评解

游子和思妇，本是古典文学中羁旅主题的两个缠绕不已的分支。这首词上阕写在途中的游子之愁，下阕则写家居的思妇之愁。两位主人公的思念，隔着遥远的空间距离遥相呼应，形成一个回环往复的整体。末尾又从思妇心中、眼中，转到天外的游子，益发显得余音袅袅，怅惋不尽。

南歌子

凤髻金泥带，龙纹玉掌梳。
走来窗下笑相扶，爱道“画眉深浅入时无”。

弄笔偎人久，描花试手初。
等闲妨了绣功夫，笑问“双鸳鸯字怎生书”？

题解

这首词写一位新嫁娘在闺房中和夫婿戏谑，形象活泼娇憨。唐五代词中以男女之情为题材的虽然很多，其中的女性却大多为歌女官妓，情感多为伤别怨离。像欧阳修这样写普通士人家庭中健康温馨的夫妇情感，在以前的词作中是罕见的。

南歌子（凤髻金泥带）词意图　王赫赫 绘

【句 解】

凤髻金泥带，龙纹玉掌梳

这两句写女子的华美服饰，一派富贵气象，却又不流于庸俗。作者不正面写女主人公的美貌，而是通过妆扮的描写，侧面烘托出她的美艳。同时以“龙”、“凤”的细节，暗示她的富贵人家新嫁娘的身份。“凤髻”，对女性发髻的美称；“金泥带”，绘有泥金图案的束发带子。“龙纹玉掌梳”，指雕有龙纹的插发玉梳。

走来窗下笑相扶，爱道“画眉深浅入时无”

女子梳妆完毕，笑嘻嘻走向窗下的夫婿，故意问他对自己妆容的意见。“扶”字点出夫婿的存在，一个小动作即写出新婚夫妻的感情甜蜜，也更见出女子身材的袅娜依人。“画眉”句，用张敞画眉的典故，写夫妻闺房之乐。《汉书·张敞传》：“（京兆尹张敞）常为妇画眉，长安中传张京兆画眉妩，有司以奏敞。上问之，对曰；‘臣闻闺房之内，夫妇之私，有过于画眉者’。上爱其能，弗备责也。”唐代诗人朱庆余《闺意献张水部》诗云：“妆罢低声问夫婿，画眉深浅入时无？”就用这个典故，借以询问自己文章是否入考官法眼，设意巧妙，遂成名篇。欧阳修这里用朱庆余的原诗，但回归其闺情本意，虽为成句，却更觉新颖有致。

弄笔偎人久，描花试手初。等闲妨了绣功夫，笑问“双鸳鸯字怎生书”

下阕细致刻画女子的动作神态。她依偎着夫婿，提起笔来，试着描绣花花样。可没做一会儿女红，又改了主意，笑着问鸳鸯二字的写法了。“等闲”，轻易，随便。古代女子重德言容工，正如《红楼梦》中薛宝钗所说，“只该做点针黹纺织的事才是”。这位新嫁娘看来不善描刺绣花样，又随便就丢开手里的刺绣活儿，耽误了“绣功夫”。但她是如此活泼可爱，读者和作者一样，对她又怎么会起一丝责怪之意呢？这几句描写口吻生动，无怪乎清人贺裳在《皱水轩词筌》中，以此为“词家须使读者如身履其地，亲见其人”的最佳范例。

评解

在北宋词人群体中，欧阳修是一位积极学习民间作品风味的词人。这首词语言明白畅达，相当口语化，显然来自对民间词手法的吸收。柳永的部分艳情词作也以口语入词，如《定风波》：“镇相随，莫抛躲，针线闲拈伴伊坐。”但和这首欧词相比，顿有雅俗之判。

诉衷情

清晨帘幕卷轻霜，呵手试梅妆。
都缘自有离恨，故画作远山长。

思往事，惜流芳，易成伤。
拟歌先敛，欲笑还颦，最断人肠。

题解

这首词通过歌女晨妆画眉的一个小细节，写出歌女复杂的愁怨和寂寞苦闷。

诉衷情（清晨帘幕卷轻霜）词意图 王赫赫 绘

【句 解】

清晨帘幕卷轻霜，呵手试梅妆

“清晨”点出场景发生的时间，“帘幕”点出场景发生的环境是一位女性的居所。时序已是冬天，因为起得早，所以天气显得格外寒冷。卷起的帘幕上还留有昨夜的轻霜，冻僵的手指要呵暖才能化妆。主人公在冬天寒冷的清晨，却要早早起床冒寒妆扮，暗示了她不自由的身份。“梅妆”，即梅花妆。传说南朝宋武帝的女儿寿阳公主，人日（新年后的正月初七日）卧于含章殿屋檐下，有五瓣梅花落在她的额头上，拂拭不去，过了三天才坠落。宫女们觉得美丽，纷纷加以仿效，用胭脂在额头上点出五瓣梅花形状，称为梅花妆。

都缘自有离恨，故画作远山长

这位歌女因为心中怀有对远人痛苦的思念，故而画出长长的远山眉。“远山”，唐代女子流行的眉型之一，长而淡。典出葛洪《西京杂记》：“（卓）文君姣好，眉色望如远山。”远山既是眉形，又是“离恨”的远人所在，用意双关，非常巧妙。

思往事，惜流芳，易成伤

词的下阕，转入对女主人公理妆时心理的描写。她回忆起往事，年华的逝去让她感到惋惜，而这种回忆又很容易地惹起了她的感伤。“流芳”，如流水般逝去的青春年华。“往事”显然和上阕的“离恨”相关。读者不禁会想象，这位清晨起床理妆的歌女，在画眉的时候，有什么样的往事浮上她的心头？“远山”之外那个被思念着的人，曾和她发生过一段什么样的情感？

拟歌先敛，欲笑还颦，最断人肠

这几句非常细致入微地写女主人公的神情举止。作为歌女，她必须笑脸迎人，曼声歌唱。然而心头难以抑制的痛苦，使她无法自然地献上笑容和歌声。“颦”，微微皱眉。“人”，可以指歌女自己，也可以指听这位歌女献艺的座上宾客。作者对这位遭遇不幸命运的悲剧女子，显然是抱有同情的。

评解

这首词在南宋黄昇的《花庵词选》中题为《眉意》，据此推断，很可能是一首命题作品。从画眉始，以颦眉终，中间贯连女主人公的心理活动和神态动作，始终扣住题目中的“眉”字。而本来虚无飘渺的“意”，也由此得到很好的阐发。

生查子

去年元夜时，花市灯如昼。
月上柳梢头，人约黄昏后。

今年元夜时，月与灯依旧。
不见去年人，泪湿春衫袖。

题解

这首词一作南宋女词人朱淑真的作品。但南宋初曾慥的《乐府雅词》里面已经收录了这首词，归于欧阳修名下。曾慥选词道德标准很严，欧阳修词中不少写男女情爱的作品，都被他认为是后人故意栽赃污蔑欧阳修为人的伪作，不收入《乐府雅词》。这首词得以收录，说明的确是欧阳修所作。这首词构思巧妙，语言明快如话，“月上柳梢头，人约黄昏后”是传诵的佳句。

生查子（去年元夜时）词意图 廖松岗 绘

【句解】

去年元夜时，花市灯如昼

上阕是对去年约会的回忆。开首两句写约会的时间和地点。去年元宵节的夜晚，花市的灯火一片通明，明亮如白昼。元宵节在古代是十分热闹的节日，许多平日被深锁于闺阁内的女子，在这一天晚上也有街头漫游、赏灯赏月的机会。李清照在《永遇乐》词中，就深情回忆过“中州胜日”汴京元宵夜的盛况：“元宵佳节，融和天气，次第岂无风雨？来相召，香车宝马，谢他酒朋诗侣。　中州盛日，闺门多暇，记得偏重三五。铺翠冠儿，捻金雪柳，簇带争济楚。”而这样的夜晚，也往往为青年男女的相遇相恋提供了可能。

月上柳梢头，人约黄昏后

这两句写相会的场景。一轮圆月挂上了柳枝的梢头，相爱的人儿相约在黄昏之后。作者略去了对恋人约会的具体情景的描写，只用一个“约”字，即轻轻带过当晚情事，整幅画面显得温馨而淡雅。可以比较一下李煜记他与小周后欢会的《菩萨蛮》词：“花明月暗笼轻雾，今宵好向郎边去。刬袜步香阶，手提金缕鞋。　画堂南畔见，一向偎人颤。奴为出来难，教君恣意怜。”描写固然细致入微，却不免流于艳情，格调不高。

今年元夜时，月与灯依旧。不见去年人，泪湿春衫袖

下阕写今年物是人非，情人不得相见。还是这样的元宵佳节，还是这样如昼的灯市，柳枝梢头挂着的，还是这般美好的圆月。然而去年那个欢会的人已经不在。物是人非，主人公不由得泪水滴落，打湿了衣袖。“依旧”的月和灯，和不再“依旧”的“去年人”，形成了强烈的反差。

评解

这首词从语言到构思，都显得朴素单纯，明显受到民歌的影响。上阕只截取去年元夜欢会的一个场景，下阕只截取今年元夜悲伤的一个场景。而这一年间悲喜交织的情事，中间发生的种种变故，作者一概省略，留给读者自己去想象。这种处理正如国画中的留白，于不着一语处，更显得余音袅袅。明末清初金圣叹评点这首词说：“看他又说去年，又说今年，又追叙旧欢，又告诉新怨。中间凡叙两‘元夜’，两番‘灯’，两番‘月’，又衬许多

‘花市’字，‘如昼’字，‘柳梢’字，‘黄昏’字，‘泪’字，‘衫袖’字。而读之者只谓其清空一气如话。盖其笔法高妙，非人所及也。”（《金圣叹全集》卷六）

有研究者认为，这首词脱化于唐诗人崔护的《题都城南庄》，即脍炙人口的“人面桃花”那首诗。其实，如果把它当作作者本人对青年时期一段恋爱的回忆，岂不更加动人？

采 桑 子

轻舟短棹西湖好。

绿水逶迤，芳草长堤，隐隐笙歌处处随。

无风水面琉璃滑，不觉船移。

微动涟漪，惊起沙禽掠岸飞。

题解

《采桑子》是一组吟咏西湖景物的词。这里的西湖，指颍州西湖，颍水在这里和其它河流汇集，风景优美。宋仁宗皇祐元年（1049），欧阳修徙知颍州。这组词共十首，均以“西湖好”起句，格式上学习宋代民间连章鼓子词的形式。组词前附有《西湖念语》一篇，介绍创作缘起。从《西湖念语》中“因翻旧阕之辞，寓以新声之调”可看出，这组词是欧阳修晚年归隐颍州后，整理旧作并加以补充而成的。十首词从不同的侧面、不同的层次，细致地描绘了颍州西湖的旖旎风光和作者流连风景的情怀。

这首词是组词中的第一首，写泛舟湖上所见到的幽静优美景致。

采桑子（轻舟短棹西湖好） 词意图　孔维志 绘

【句 解】

轻舟短棹西湖好

在西湖上乘着轻快的小船，是一件快乐的事情。“轻舟”，轻快的小船；“短棹”，短小轻便的船浆。颍州西湖幽静雅致，岂非只有这般小小的船儿才配得上这般风景？如果是喧阗的大型楼船，灯船，其繁华热闹，无疑会破坏风景的幽雅。

绿水逶迤，芳草长堤，隐隐笙歌处处随

这几句写泛舟西湖的美景乐事。碧绿的湖水悠悠流动，长长的堤岸上长满萋萋芳草。不知从何处传来悠扬的笙歌之声，而且随着船在湖面上前行，乐声依然一路可闻。这说明湖上游人很多，他们纷纷载乐游湖，听曲赏歌。如此富贵繁华的景象，欧词偏偏写得含蓄优雅，体现了其士大夫词的特色。“逶迤”，水流或道路曲折悠长。

无风水面琉璃滑，不觉船移。微动涟漪，惊起沙禽掠岸飞

正是游赏的好天气。没有风的水面，一丝波纹也没有，光滑的水面像琉璃一样光润。水面是如此平静，以至于舟中的游人都觉不出船在水面移动。船桨略带起小小的涟漪，这惊起了栖息在岸边的水禽，它们扑棱着翅膀，低掠岸边飞去。这几句词，先写静景，以“不觉船移”的心理错觉，极写西湖的宁静。然后以惊起的水鸟冲破这片宁静，富有动态变化。“涟漪”，水面波纹；“沙禽”，水鸟。

评 解

宋仁宗皇祐元年，欧阳修深深感到宦海风波的凶险和自己当时在官场上的危险处境：“结怨愁者，皆可畏之人；所违忤者，悉当权之士。既将行己，又欲进身，惟二者之难兼，虽至愚而必达。”（《谢转礼部郎中表》）于是他以眼睛有疾为理由，上书朝廷，主动要求自扬州知州移任为颍州知州。欧阳修到了颍州后，对颍州西湖的风景极其赞赏，曾作《西湖戏作示同游者》诗：“菡萏香清画舸浮，使君宁复忆扬州。都忆二十四桥月，换得西湖十顷秋。”认为颍州西湖的风景甚至胜过天下闻名的扬州二十四桥。他上任不久，就邀集同僚泛舟湖上，并在湖上种莲，湖边种黄杨，将西湖妆点得分外明媚。欧阳修在颍州任上前后不足一年半，但作了许多赞美西湖风景的诗词文字。这组《采桑子》可算得其中的代表作。本词作为组词的第一首，很好地表现出了西湖的幽雅情调。作者善于选取富有表现力的细节和片段，刻画出令人心醉的美好环境。

采 桑 子

群芳过后西湖好：

狼籍残红，飞絮蒙蒙，垂柳栏干尽日风。

笙歌散尽游人去，始觉春空。

垂下帘栊，双燕归来细雨中。

题解

这是吟咏颍州西湖景物的《采桑子》组词中的第四首，在惜春之余，又能跳出伤春的情调，写出残春之美。

采桑子（群芳过后西湖好）词意图　王赫赫　绘

【句 解】

群芳过后西湖好

这首词写晚春时节的西湖风景。首句点明时序是在“群芳过后”，即百花凋谢之后的暮春时节。“群芳”，指春日的各种花卉。这句也定下了全词惜春而又赞美残春的基调。

狼籍残红，飞絮蒙蒙。垂柳栏干尽日风

这几句是对残春风景的具体描绘。“狼籍”，形容落花散乱的样子；“蒙蒙”，本来是描绘细雨的词，这里指漫天柳絮轻盈飞舞，犹如纷纷细雨。“垂柳”句，指栏杆边种植着垂柳，长枝在春风中轻轻拂动。

笙歌散尽游人去，始觉春空。垂下帘栊，双燕归来细雨中

西湖是繁华的。然而晚春时节，最适于游赏的季节已经过去，游人不再来，“处处随”的笙歌也随之飘散。西湖仿佛变得寂寞了，词人也因此感到春意消散，环境似乎变得空旷起来。他只好回到家中，放下帘子，在静室中闲居。“帘栊”，窗帘；“栊”，窗。而帘外那些在纷纷的细雨中双双归来的燕子，则暗示了词中主人公的孤寂。以成双成对的鸟儿衬托出人的孤独，是词中常用的手法，如北宋晏几道的名作《临江仙》：“落花人独立，微雨燕双飞。”

评 解

此词写残春景色，以清淡优美胜。在《采桑子》组词中，这首最得后人好评。词中写“百花过后”的残春景象，难免有落寞之感。“狼籍”、“散尽”、“去”、“空”，等等，都暗示了这层意思。但作者能跳出时人一味伤春的格局，以惜春的情怀，描画出暮春西湖的动人之处。这是他不同凡俗的地方。

采桑子

清明上巳西湖好。
满目繁华，争道谁家，绿柳朱轮走钿车。

游人日暮相将去，醒醉喧哗。
路转堤斜，直到城头总是花。

题解

这是吟咏颍州西湖景物的《采桑子》组词中的第六首，由首句可知，写的是清明上巳时节西湖的风光。

采桑子（清明上巳西湖好） 词意图 戴敦邦 绘

【句解】

清明上巳西湖好

本首写清明上巳时节的西湖，又重点写这个时候西湖游人中的贵游之家。“上巳”，即上巳节，在三月三日，古人于本日到水边采摘芳草，嘻笑玩乐，以去除不祥。上巳在清明之前，两者时间上邻近，都在暮春三月，所以常被合在一起说。清明上巳时有春游踏青的习俗，这时候往往是青年男女发生恋爱的时光，因此提到这个节日，总是充满青春的欢乐。

满目繁华，争道谁家，绿柳朱轮走钿车

西湖岸边熙熙攘攘，远远望去，一片富丽的景象。“争道”写出游人之盛。绿柳夹路，那柳荫底抢道的是谁家的豪华朱轮钿车呢？“朱轮”，红色的车轮；“钿车”，以嵌金为装饰的车子。这两个词都代指富贵人家的车辆。

游人日暮相将去，醒醉喧哗。路转堤斜，直到城头总是花

下阕写游玩结束，游人散去的景象。傍晚时候，游人也前后相随地离开西湖，踏上回城之路。路上的游人有喝醉了酒大声嚷嚷的，有兴奋地谈论今日游玩之乐的，人声车声，喧哗一片。归途曲折，远远望去，从西湖堤岸一直到颍州城头，一路都看得见似锦的繁花。唐宋人有采花簪发的习俗，这里是写游人在西湖折下美丽的花朵，簪在鬓发上，想把西湖的美丽也带回城中。而这样的归路，便成了一条鲜花铺满的道路了。全词如一幅《游春图》：绿柳夹护的道路，争道的钿车，簪发的春花，车中喝醉酒大声喧哗的游人……这是一幅多么富有生活气息的画面！

评解

这首词写清明上巳西湖边的繁华景象。与前面选的两首相比，这首写得无疑太“热闹”了。但在宋代，清明上巳本来就是一个充满青春气息、富贵气象的热闹节日。试看另一位北宋词人张先《木兰花》中所写的寒食（在清明前一两日）景象：“龙头舴艋吴儿竞，笋柱秋千游女并。芳洲拾翠暮忘归，秀野踏青来不定。”到了这个时候，即使一向清幽如颍州西湖，也不得不打破平静了。作为一个热爱生活的士大夫，欧阳修忍不住记录下了这一节日盛况。

后　记

萌动请人编辑出版一套独特的中国古典诗词赏读书籍的念头已久，没想到与五洲传播出版社的同志谈起，一拍即合。

社会上已出版的古典诗词类图书琳琅满目，这套书如何称其“独特”呢？我们的设想是：

一、每位诗人、词人独立成册。这便于选择最有代表性的诗词名家，集中介绍他们最具代表性的作品；也便于读者体会和研究每位诗词名家的风格和文采。

二、撰写人物简介。每分册前面都有一篇诗人、词人的生平介绍，其内容要比常见的“三言两语”的介绍更翔实、更丰富。不仅叙说诗人、词人的身世际遇，而且对其创作成就、艺术特色也尝试作简明的评说。孟子曰：“颂其诗，读其书，不知其人，可乎？是以论其世也。”说的是欲深入理解一个人的作品，就应该对这个人及其时代有一定了解。由于年代久远，大多诗家词人并非贵胄世家，其历史资料零散缺失，有些问题学术界尚无定论，比如李白的家世和出生地，至今仍是个谜，有多种说法。由此可见，“知人论世”并非易事。对此，我们以严谨的治学态度，尽可能吸纳目前的研究成果。

三、“三段解”方式。对书中的每篇作品，均采用题解、句解、评解的手法进行评析和赏读。古典诗词文辞精粹，含蓄内敛，善于通过各种艺术手法传达味外之旨、韵外之致。以“三段解”的方式对诗词逐题逐句地进行意译和评解，雅俗共赏，对大家深入理解诗词的思想内容和艺术风格、体味其中的文化意蕴，力图给出些许提示。

四、以画配诗词。每首诗词作品，都配以当代画家根据其意境专门绘制的国画，以期诗情画意，相得益彰。其中不乏程十发、顾炳鑫、刘旦宅、华三川、范曾、戴敦邦等名家手笔。部分画作，是画家先前发表过的；绝大多数的作品，则是邀请画家特意为本书系创作的。

有了这样的设想，下一步的关键在于能否请到合适的作者。五洲传播出版社为本书系约请作者的门槛颇高：首先须是中国古典文学研究领域的专家学者，有较深学术造诣；其次是能厚积而薄发，有深入浅出的文字表达能力。应该感谢的是，一批年富力强的学人加入了编写队伍。由于他们的辛勤劳作，才有了我们现在看到的这套《中国古典诗词精品赏读》。

李　冰

于北京